走走 著

恋爱课上的小动作

山东文艺出版社

图书在版编目(CIP)数据

恋爱课上的小动作/走走著. —济南:山东文艺出版社,
2009.3

ISBN 978 - 7 - 5329 - 2932 - 0

Ⅰ. 恋… Ⅱ. 走… Ⅲ. 恋爱-通俗读物 Ⅳ. C913.1 - 49

中国版本图书馆 CIP 数据核字(2008)第 212804 号

主管部门	山东出版集团
集团网址	www. sdpress. com. cn
出版发行	山东文艺出版社
电子邮箱	sdwy@ sdpress. com. cn
地　　址	济南经九路胜利大街 39 号
印　　刷	山东新华印刷厂德州厂
版　　次	2009 年 3 月第 1 版
	2009 年 3 月第 1 次印刷
规　　格	开本/890×1 240 毫米　32 开
	印张/7.25　千字/150
定　　价	19.00 元

写给亲爱的女孩们

亲爱的女孩们，不管你们现在有没有结婚，有没有恋爱，我都希望，你们一直都是可爱的女孩子。

曾经有女孩问过我："为什么我总是没人来爱?"真的，这是很难回答的一个问题。明明想要被爱，却一个劲地想要搞清楚不被爱的理由。也有女孩失恋了就很自责，觉得一定是自己什么地方做得不够好，越自我反省，心里越沮丧。所以，我想告诉亲爱的女孩们的第一件事就是：

知道自己的长处在哪里，尽力发挥它们。

在我以前工作的广告公司里有一个女孩子，总是一副睡不醒的样子，说实话，每次看见她趴在桌上懒洋洋打盹，一方面觉得她真的很性感，像只小猫，但另一方面也很反感，因为她没法按时完成工作，常常会拖慢整个小组的进度。可是几乎所有的男同事和男上司都很喜欢她。后来才知道，经常有男同事下班后请她出去吃饭泡吧唱卡拉 OK，总是玩到很晚，第二天一早当然很困。

她在我们公司待了不到一年，女同事们都不太喜欢她。她说话鼻音很重，其实她有慢性鼻炎，但在我们听来，总像在发嗲。可是很快她就嫁给了客户公司的老板，现在是职业家庭主妇，上次偶尔在路上见到她,一脸幸福的样子。

我后来想,她也许一开始就知道,自己是不适合朝九晚五生活的吧;她也许也知道,自己是什么样的人。她把自己的魅力用对了地方。

男女之间,爱情之间,如果只是掩藏自己的缺点,会变得不自信,原本可以发展得很好的爱情也有可能夭折。我一直很钦佩那些会撒娇的女孩子,当她撒娇的时候,往往是她不够自信的时候,但她却可以为自己的爱情加分,可以很高明地放弃女孩子的骄傲。

我想告诉亲爱的女孩们的第二件事就是:

价值观是不是一致,并不那么重要。找一个愿意去理解你的价值观的人,很重要。

在我刚开始选男朋友的时候,我也曾经觉得,有共同的价值观,很重要。后来发现,即使他和我一样,喜欢自由,不喜欢高薪而受约束的工作,但因为他的生长、教育环境和我的不同,他的性格也和我的不一样,我们的生活里,还是会有很多很多的分歧。所以,"共同的价值观"其实是句空话。再看看我身边的女友们,每个人都有自己的价值观,但我们一样意气相投,做了好多年的朋友。知道自己和他是不同的,这样,意外发现两人有共同点的时候,会格外觉得默契、亲近吧。

我想告诉亲爱的女孩们的第三件事就是:

多打打电话,少写邮件。

在工作场合,你认识了一个让你心动的男生,你们互相留了名片,然后,你会怎么做呢?

我会打电话给他,而不是写邮件。因为打电话,可以通过声音传达我的心情。但是我知道,很多女孩都会选择给他发封云淡风轻的邮件过去。发邮件是件比较轻松的活儿,不用去揣测现在是不是对方接电话的好时机,但是因为这种小小的逃避、偷懒,很可能,你们一直都只是互相转发邮件的朋友。因为他会把你存入网上地址簿里,地址簿里肯定有很多人,他不再觉得你是重要的,所以他也许就想不到要多了解你一些,你们爱的萌芽可能就这样自然地消亡了。

我还想告诉你们很多很多事情,所以,我写了这一本书,但是我最想告诉你们的却是:看完书后,忘掉我告诉你们的那些个人经验,相信自己的直觉。

想得多了,很可能,已经错过了恋爱的最佳时机。技巧也许有点用处,但没办法一直帮到你。所以,相信你自己的直觉,它会带着你,走向属于你的无敌幸福!

PART *1*

☆慧眼识男

1 ☆ 注定不会成功的男人

一次，就爱情观等问题我采访一位钻石王老五，他当时说的一番话给我留下很深印象。他说自己也快奔四十的人了，可不知怎的，还像二十五六岁时一样，一见到出色 MM 心就怦怦跳，马上开始幻想自己怎么和她约会，怎么一起进餐看电影，哪怕未必真采取什么行动，单是想想这些画面就会很兴奋。最后他如此总结："自己喜欢的女人却不去想法追到手，男人活着还有什么意义！"

"男人通过征服世界征服女人。"对男人来说，为女人奋斗和为事业奋斗，基于同一种荷尔蒙作用。可以说，一个肯为获得出色女人挖空心思的男人无疑充分开发锻炼了自己管事业的那部分大脑。所以，看一个男人有没有成功可能，可以先看看他的身边伴侣以及他的恋爱史。

假如他的伴侣条件相当不错，在外人看来，"一朵鲜花插在了牛粪上"般配其绰绰有余，证明那男人具有发家致富的充分潜力。或者尽管目前他尚无美人相伴的成功经验，但总有癞蛤蟆想吃天鹅肉的决心和勇气，屡败屡战，百折不挠，很有可能，几年后他就能令人刮目相看。

个人认为，这个方法十分适用于鉴别潜力股。如果你听到一个具有普遍性取向的男人说,他已经对美女没什么兴趣,不管是电影电视上的漂亮女明星,还是街头巷尾擦肩而过的清纯学生妹,统统没有感觉,注意,很可能,他这辈子都和功名利禄无缘。

一个不想跳起来摘女人的男人,肯定不会有什么大出息。在他们看来,人生不过如此。而一个对女人失去追逐兴趣的男人,估计已经消极认命,认为这个世界再怎样好坏都与自己无关,你能指望这样的男人与你一起奋斗买房买车?

我有一位大学同学,长得很是英俊,系花之一甚至倒追他。毕业后他自己开起了小小皮包公司。开张不久请我们吃饭,席间我见他带了新任女友,样貌气质比之当年系花,简直不可同日而语。趁女孩上洗手间我悄悄问他,怎么现在如此不挑剔了? 他回答:"我现在已经是个成熟男人,什么样的女人都能接受。"接着又说:"娶漂亮女人投入成本大,女人嘛,关了灯,本质都一样。"再过了大半年,听说他把公司关了,进公司当起了小白领。前些日子见到他,说出的话更是消极,什么人反正就是工作的奴隶,人生又不可以自己选择等等。

其实他各方面条件都不差,但他先灭了自己对漂亮女人的欲望,再灭了自己对成功的激动幻想,最后回避了成功需要面对的挑战,就这样,自己把可能有的人生光辉全给灭了。

这样的男人身边其实不少,他们喜欢抢着自我否定,最爱的口头禅就是:"我现在不比当年了呀。"相信我,无论事业还是爱情,先给自己划清楚能力界限的人,不会得到更多了。

还有一种鉴别潜力股的方法,就是看他会不会向你细细描绘成功前景(最好脸上还有那种小孩子的憧憬表情)。一般而言,宏伟蓝图越是清晰可见、历历在目,越是证明男人整天想着要实现,这样的男人往往同时还是开会狂、工作狂(每天都兴奋地想想成功后的美好,无疑比"力保健"更有强心作用)。

如果你和他同在一个公司,而你想知道这棵窝边草将来会不会给你充足的物质保障,有一个很简单的办法:观察他向上司汇报、在小组或公司内部做提案以及说服客户时的表情、语气、成功率。

一个对事业有野心的男人尤其在提案时会表现得特别明显,因为他很想成功,他所做的计划至少能打动他自己,他会充满激情地讲述,配合一些有力的肢体语言。在准备阶段,他还会想象一番计划实现后大家对他赞赏的表情(也许这其中还包括某位他心仪已久的女同事)。

其实事业和爱情都一样,都需要打心眼里有想要的冲动,即使再多人反对,自己看准的,就相信自己的直觉去追求,这样的男人,爱情事业都能丰收。

最后还有一类潜力股,他的潜力在于能成就你的事业。

鉴定方法如下:

1. 当你对他说自己的梦想,你想怎样怎样,或你最想干的事其实是什么什么时(注意:一定要具体,比如我想设计首饰,我想开个小店等等),观察那一瞬间他的反应,他是不是表现出很有兴趣的样子,还是会转移话题?

2. 他会和你一起考虑具体怎么做才能实现梦想吗?

如果他能陪着你一起"做梦",至少他能给你幸福;如果他能帮你把梦想变成现实,恭喜你,他具有成功人士的潜质;如果正相反,还没等你把话说完就已经抢着否定,给你结结实实泼盆冷水,至少不能说他和你很默契很和谐吧,而且他在否定你的可能性同时,也会慢慢把你变成一个失去魅力的女人(明知眼下的生活不是自己真正想要的,这样的人脸上不会有光彩)。

直到今天，我还是认为我大学时的男友是我人生道路上的重要转折。从高中起我就一直坚持写小说，也跟当时的男朋友说起过，很想以后自己能出书，但他一口就否定了："出书，有那么容易吗？除非你是自费。如果你写的东西不是读者要读的，你的书就卖不动。书卖不动，不会有出版社愿意签你。再说，现在没有点关系，谁认识你?!"

其实这位高中小男友不仅辣手摧残了我的梦想，他自己的梦想也被他自己否定。本来很想当设计师的他，后来按照父母意愿读了自己一点都不喜欢的金融专业，如今成了银行的庸庸职员。

而我的大学男友却很懂得引导："实现梦想总是有难度的，你先写起来，再自己跑去投稿推销，总归有办法的。"和他在一起的三年，经常会跟他讲起自己小说里的片段，在他鼓舞下写了不少，每天都很快乐。毕业不久，小说就被朋友推荐发表在了杂志上。而他也在喜欢的广告公司干得相当出色，很快就升任创意总监。他的口头禅是："嗯，想法很好，我们想想怎么来实现它。"

能尊重并帮助他人坚定、完善、实现梦想的男人，自己离成功的距离也不会太远。因为他对自己的梦想，也会采取"向前看"的态度，而且还会和身边的你有商有量。这样的男人身边，能帮他的朋友也不会少，也许有时你还会因为他很看重朋友而"吃醋"呢。

假如你现在心仪的男性总喜欢轻易否定你，请务必放缓热恋的脚步——还是先把他当个替补吧，哪怕他长得貌比潘安，他的人际交往也一定存在问题。对男人来说，恋爱也好，干事业也罢，都需要有伴一起前行，总爱打击他人的人，谁愿意和他一起走远路？成功，那就想都不要想啦。

2 ☆ 别想了！他不会和你结婚！

也许不太久之前,你开始和某个男孩拍拖:

男孩有稳定的工作,不错的生活;周末你们一起看杂志,看到一些风景你们都很激动,在几个法定节假日,那些风景成了你们背后的衬托;男孩严格遵循一些只属于你们的约定,比如周末约会,周六一起去酒吧,周日你必须回你自己的家……你不知道多少时光已经流逝,只是现在你的鱼尾纹又多了一道。你向他提出结婚的愿望,他回报你温和的微笑,以表达他有限的歉意……好了,你那无用的记忆又多了一箩筐。

上周我的一位女友甲就在这样一个微笑面前怒向胆边生,她趁她的男友上班之际砸碎了除窗玻璃外的所有 SiO_2 制品。然后她跑来向我哭诉,为什么有些男人心里明明已经关了门上了锁却还在门上贴张小纸条好让人放心:我现在不开门但总有一天会?

什么样的男人会这么做?

☆ 生活不能用两点一线概括,要有至少一项兴趣爱好

他的日常生活除了工作、父母和你,还有一大堆兴趣爱好。这些爱好不只停留在嘴上和待填的表格上,还是他每周切实投入时间金钱以期经久维持的项目。它们为他带来充沛的活力健康的形

象,也许还有不错的品位,但同时,它们日复一日地铸成他的认知,即时间和金钱能够、且只应该任自己自由支配。既然如此,有什么理由让他为你多付出那部分他并不需要的开支?

如果你的枕边人告诉你,他昨天梦见自己打了场篮球,也许他生活得挺乏味,但他至少愿意牺牲一些以换取婚姻。

☆ 擅长家务活

一个有过至少一任女友的男人对家务活到了擅长的程度,显见一,这种生活由来已久(有女友代表如果他想改变单身现状,拥有可以改变的可能性);显见二,他很享受自己的单身生活。

我认识这样一位 925 纯银王老五,租住高尚地段的一室小公寓,收拾得干干净净(突击检查仍然没有随手乱扔脏内衣的迹象),做起家务来一套一套,把华罗庚的统筹原理运用得炉火纯青,还会烤巧克力蛋糕! 得到表扬后很是谦虚,说是借了发达电器之力。这位先生在超市买进口水果都能得到洋妞青睐,又何需单一婚姻束缚口味。

☆ 衣服不管衬不衬自己,永远只有一个 STYLE

请仔细审视他的衣橱。假设里面有太多灯芯绒外套或者太多小格子裤,总之所有衣服不管品牌价位购买年代,看起来只有一个类型,如果你是抱着强烈的结婚意图和他交往,敬请你三思。如果你做了他一段时间的女友发现他其实更适合 V 字领而不是现在的翻领毛衣,但他一点都不在乎你的建议,连试试都不肯,那么我劝你走为上策。

因为他不愿意接受别人的意见,他更愿意以自己为中心。一个喜欢穿相似风格衣服并且喜欢到不管实际是否适合自己的男人(排除那种懒得选择的家伙,这样的家伙你买什么给他都愿意往身上套),往往有着固定价值观,而且特别固执。结婚的主动权永远掌握在他手上,这对你可不公平。

☆ 支持女权主义,愿意陪女人逛街听她们诉苦

这一类型男人我称之为柔软型。他们往往有很好的学养(有着写诗的文艺青年前身);提倡自由民主平等,也许信奉萨特的存在主义,对安·兰德的个人主义很快就能接受;因为脾气好而富有异性缘。对他们而言,保持暧昧关系远比婚姻有趣得多,他们实在太满足现在的生活方式啦!

如果一个男人总能找到还不到结婚程度的理由,就别指望他为你买婚戒啦。所谓理由,就等同于莫须有的东西。

☆ 喜欢穿华丽衣服,也许还有着女人梦寐以求的模特身材

一个男人如果身材好而且意识到这一点,还喜欢用华丽衣服来加倍强调,这样的男人一定很自恋。对自恋最简单的解释就是除了自己,谁也不爱。他们拥有只为自己跳动的心脏,对自己的空间敝帚自珍,同时又心比天高。这种男人最喜欢布口头陷阱——只要有一天,我命中注定的那一位出现,我就会和她结婚——也许这只是他昨天午夜梦回,发现竟然没有一个能理解自己的红颜知己,寂寞之余的袅袅回音。

☆ 目前没有女朋友却喜欢去逛家具店,常常买两件以上家具

表面看来,喜欢往家里运家具的男人一定很想结婚,其实不然。对他来说,是布置家居这件事本身很有吸引力。要是有人催他结婚,他一定会说:"什么时候遇到理想的人,就结!"一般一个男人这样想了,通常都不会很快结婚。你相信一个理想主义者会向现实的柴米油盐轻易低头?其实他们的词典上现在还没结婚这个字眼儿呢。

即使这样的男人真向你求婚了,很可能在婚前装修新家时你们会一闹再闹最终不欢而散。因为他完全无视和他一起居住者——也就是你——的意见,会很强势地决定新居的一切。如果你类推出以后他连你的收入和支出都要管头管脚,你这样的女孩

子,还会对他有兴趣吗?

☆ 他抱怨你把太多时间花在了家务上!

女友乙,和男友恋爱一年半,同居也有一年多,明示暗示过几次想结婚了,有一天气鼓鼓地告诉我,说男友抱怨她"把太多时间花在了家务上,以至于两个人相处的时间都大大减少了"。于是我建议她改变两人相处方式,她听了我的话请了钟点工,也开始学习更有效地处理琐碎的家务,和他共度的时间一下子就多出了很多。

但是很快,他们分手了。

我想了很久,据我分析,那个男人压根没想过和她结婚,之前的抱怨也是在她逼婚压力下找到的临时借口。他的借口表明,他很在乎自己的时间,或者说,是他眼里彼此的时间。抱怨两人相处时间少,本质是抱怨他喜欢做的事没能做够。也许他对她没有别的兴趣,只想接吻、做爱。

这种男人只会对自己喜欢的事抱有热情,以自己为中心,不会为对方考虑。他真正想要的是由他决定的独立空间和自由时间,而不是被对方或婚姻所束缚所规定的。

☆ 常常觉得家里东西少;或者明明屋子很乱,又不愿你帮他整理

总觉得自己家里东西少的男人有某种"做加法"的强迫症,但另一方面,他又会因为被太多东西所包围而感到痛苦。他常常会向你抱怨他的压力实在太大,在他的潜意识里,把自己的屋子填满只是为了不让最大的那件包袱——也就是你和你带来的婚姻——有容身的地方,那才是他人生中最大的一件负担呢。

如果他自己也承认屋子很乱却不愿你替他挽袖子收拾,那是因为他认为那是他私人的地方,他不愿你去侵犯他的私人领地。这说明你在他的心目中还是"别人",你和他离结婚远着呢。

☆ 周末宁愿在家待着,也不爱自个儿去外边活动活动

这样的男人性格被动。从恋爱到同居,都需要你来拿主意,对

结婚更是懒洋洋，也许你会被他的态度激怒，认为他心里根本没你？没错！他对你就是喜欢，就算非常非常喜欢，但你并不是他真正爱的人，潜意识里他还想再等等看呢。

这样的男人脑子里其实并没有真正爱的概念，所以永远都会犹豫不决，没有任何积极性。除非你，很爱很爱他……

对男人而言，结婚意味着一种生活方式的改变，而不仅仅是和某个女人天注定的缘分。所以，几乎没有哪个年轻男人会把结婚当作人生主要计划。到底男人什么时候需要婚姻？永恒的答案只有一个，那就是，当他自愿承担这种责任的时候。

3 ☆ 小心，你不是他的唯一！

++ 他不爱打电话…… ++

几个月前，一位女友坠入爱河。据说该男相貌堂堂事业有成，是名副其实的"钻石王老五"，唯一缺点就是工作繁忙，很难抽出时间和她约会。不过女友立刻补充："就是因为我们平时都很忙，难得有机会见面，一旦见着特别幸福，每次做爱都能达到高潮。"

原来约会内容只有床上性爱？女友有点脸红，强调对方十分温柔，非常注重鱼水前戏，远非那种急吼吼直奔主题男人可比，所以每次亲昵一回，之前好几天无法见面痛苦等待的寂寞心情也就烟消云散了。

"那你们不见面的那些日子，他会做些什么？会每天给你打电话吗？"

"他说他很忙，有开不完的会，晚上还要陪客户吃饭洗桑拿，不太方便电话我。而且他很讨厌电话这种工具，觉得没有人情味，冷冰冰，他说有那个时间煲电话粥，他索性来看我了。"

大概五天才来一个电话，目的是约定上床时间，我开始担心起来。她肯定不是那男人心中认定的首选！对一个年过三十的成熟男人而言,果真是真爱(明确意识到两人有未来,有结婚可能),每天至少一个电话保持联系。因为再忙,一分钟总抽得出来。

问了几位成功男士,果然如此。他们告诉我,就算陪客户喝得醉醺醺深更半夜才回家,也一定会给心中认定的那位至少发条短消息过去。这就好比孙悟空出去闯祸前,先得给唐僧画个安心圈一样,一天不落的电话或者短信,类似一种记号,明确告知对方,你是我的(潜台词是:我不希望你被别的男人勾走),所以我也让你知道我的行踪(和你说上话,有了联系,我才会心安)。所以,如果一个男人找出各种借口疏忽和你的联系,证明他根本不需要你。

事实证明,我当时的判断没错。唉!女人,要是你相信你爱的男人所说的一切,你就危险了。首先,四五天都没一个电话,这种状态肯定不正常;其次,如果周末两天几乎没有电话问候,证明你只是他玩玩而已的"动身"对象。

有些男人总是声称,自己不喜欢或者实在没时间打电话。要小心这些事先准备好借口的男人,很可能,他有事情瞒着你。

++远程恋爱+和父母一起住…… ++

(事先知根知底,后来因工作、学习关系双方两地分居的情况除外。)你在一次出差途中有了美妙的邂逅,或者你在网上和他互生情愫,你们开始了远程恋爱。不过,正式确定恋爱关系后,他告诉你,你们不仅相隔遥远,而且他还因为种种原因,仍和父母一块儿住,因此你最好不要往他家里打电话。但凡见面,一般都由他过来找你,当然了,总是住在你家。

如果出现这样的情况,基本上,你只是他的婚外情人。这类男人最喜欢说的台词如下:"这个周末我正好要去你那里出差,公事办完后的时间就是我们的了,我过去找你?"(连宾馆费都可以省下)

经历此遭遇的女友当时还为该男辩护："我们虽然不在一个城市，但他一个月总会飞来看我一次，证明他还是爱我的。"错！如果你是年轻小女孩，一个愿打一个愿挨，怎样受伤都可以。但如果你年近三十，又不是不要未来，哪来那么多时间浪费在一个不良男人身上！

他是否有妇之夫？如果你开始对他产生了怀疑，有必要一一确证，敬请观察这些细节——

1☆ "无论多晚我都会回家过夜"

他告诉你他的工作有多忙，他几乎每天都要搞到三更半夜才能下班，虽然家离公司有段距离，但他一定会回自己家休息，而不是在公司搭个铺什么的(在你根本没主动询问的情况下，他已经开始自己树立爱家好男人形象)，也许你可以多问他一个问题：你年迈的父母不会因此神经衰弱吗？

2☆ 听不出半点寂寞

虽然你想念他想念得要发疯，但电话那头的他总是兴高采烈，生活安排得丰富而充实，似乎从不知寂寞为何物。你怎么能相信他需要你想念你正和你一样被爱情折磨？唯一的解释是，你只是个"备胎"。

3☆ 行李箱里的衣物永远整整齐齐，有熨烫过的笔挺痕迹

他很忙，百忙之中趁出差来看你，试着偷偷打开他的行李箱看，要是衬衫裤子线条笔挺，你大可告诉自己，他家有个上好管家婆，完全不需要你再插一手。

想知道他是不是有单身资格追你，其实，最简单的检验办法就是建议他和你同居，然后看看他的反应如何。是否真心，一望可知。

某女友新交男友，对方确实做到一天一个电话问候，但她仍隐隐有所不安，于是我建议她主动邀请对方和她同居。

如果对方支支吾吾找出各种理由拒绝，如果不想受伤的话，请务必彻底查明他拒绝的真实理由。

我另有一美貌女友，天生疤痕增生性体质，因此她极小心，生怕轻易受伤，身体上如此，感情上更是如此。她常常提醒自己，要在交往前就判断清楚，会否被恶意欺骗（当然，交往以后，两人因感情不和而无奈分开不属此列）？

当男人暗示对她有兴趣时，她总会轻描淡写来一句："我可是认死理的，你要是骗我，我会死缠烂打。"

男人这种动物，越成熟就越不会吊死在一棵树上。如果他本来只想找个女孩，轻松图个乐子，一听这样的"威胁"，雄起的征服欲先就软了一半，再想到日后公司或者自己家庭会有数不清的麻烦，破坏自己的成功，他们一般都会调转枪头，寻找其他容易上手的猎物。他如果既有资格，又是发自内心的喜欢，自然不会害怕，会通过先交往看看的办法了解对方。我女友现在的丈夫，正是这样一个男人。

不过，就算看清楚了男人的本质又如何？事实上，越是所谓优秀的成功男士，出轨机会也就越大。更可笑的是，他们还会理直气壮："正因为家里有个贤妻良母，我才能安心出来混呀。"

爱情保鲜期是有限的，总有变质那一天。放任自流吧，好像是在把他往人家那里推；盯得太紧吧，对方又会说心理负担重。距离和分寸，实在难以把握。与其吃力揣摩对方心思，不如独善其身，等你足够优秀了，他回头巴结你还来不及呢。

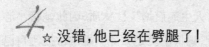

4 ☆ 没错,他已经在劈腿了!

　　当你有那么点感觉,他的某些细节比如态度、举止有点怪(两人刚在一起那会儿,没发生过类似事情的时候),很有可能,他开始隐瞒你——他正在劈腿。识别劈腿男,最管用的武器就是观察,但让他发现你在观察他时,你就失败了,要装得非常心无城府的样子,这点很关键。

　　在动笔写这篇文章前,我在自己的女友圈里做了一个小调查:他的什么行为,最让你感到他在劈腿? 在接受调查的十个女友中,回答手机上锁的是五人;回答周末一个人外出次数增加的有三人;回答因为"工作忙"每天很晚回来的只有一人。

1☆ 你基本看不到他的手机放在哪儿(他的手机不在你的视线范围内,表明手机从不离身);

　　■ 去洗澡前会锁上手机,或者总是随手把手机带进洗手间(浴室)里去(很有可能,他正在跟"第三者"通短信,如果他每次从洗手间出来后,手机就处于关机状态,那么,劈腿的可能性就相当大了);

　　■ 你试着开他手机时需要输入密码;

　　■ 你发现他的手机内,收件箱发件箱经常都是空的(如果他有

清空记录的"好习惯",说明他习惯消灭"证据");

■ 他的手机总是设置在静音震动状态,但他回短信却不是当着你的面光明正大地回,而是总喜欢窝在什么角落里;

■ 有过三次以上他明明带着手机你却联系不到他的情况(借口无非是没电了,不在服务区,或者没听见,如果你不知道他在哪里在做什么的次数增多了,而过去几乎没发生过类似事情,很有可能,他正和其他人一起);……

如果满足上述情况超过三种,基本可以断定他在劈腿。想进一步确认,可以在你听到他接电话或短信后很随口地问上一句,"是谁啊",如果他不是即时报出一个名字,只是很含混地告诉你,朋友或者公司里的同事,基本上,可以断定他在撒谎了。当然,如果他每次回答你的都是同一个名字,你也可以进一步要求见见对方,反正是他的好朋友嘛,再观察他的反应。

如果你感觉他有些变化,但他的手机看起来毫无疑点:都是你知道的生意上的伙伴、公司领导、直属下属;没有暧昧短信;通话记录没有毛病。很有可能,他给你看到的,只是业务手机,而他藏起了另一部手机。老奸巨猾到这种地步,基本上,他是不会把这另一部手机带回家或者放在包里的。如果你确信自己的直觉,可以找个机会去看他,留心一下他的抽屉。如果他近来行动有点反常,比如每天都会从超市回家,还给你带点水果什么的(也许放在自动寄包柜里),或者总抢在你前面去牛奶箱拿牛奶,又或者总是错开和你一起进车库的时间,基本上,有鬼无疑。

2☆ 他的工作量突然增大了,加班次数越来越多,回家的时间越来越晚,或者和你的约会频率大大降低,好像他突然被委以重任似的……

如果他在劈腿,势必需要和对方约会的时间,加班真是一个最好借口。工作越来越多,花在你身上的钱却不见增加,基本上,一半的可能,你们之间有了第三者。

识别这一点的关键是留心他的脸部表情和身体状况。真的是为工作奔忙,脸上的表情经常会流露出疲惫,身体上也会有些不适症状,你能感觉到他气场的衰弱。但如果是在劈腿,眼角眉梢都会有很难掩饰的喜色,会对收拾打扮比较上心,气场反而比较强,有些洋洋得意。另外,很多男人都很喜欢谈论自己的工作或是公司情况,如果他告诉你他在加班或在跟同事应酬,却不发表什么议论,基本有鬼。

也有劈腿男喜欢用不同借口,今天加班,明天应酬,后天同学有约,除了年关尚有可能,平常时日如此频繁肯定有问题。

另外,公司出差计划很少会在临出发前才知情。如果平时他总是提前几天就告诉你他要去哪里,最近却总是临出门时你问了他才说,肯定有不对劲的地方。

如果他告诉你,周末需要出差,需要在外过夜,打电话去公司巧妙询问一番就可辨清真伪;不过也有男人借着确实出差的时机与情人共度的,这时,你可以借机和他单位同事见见,聪明的抱怨有时会得到你需要的信息。如果他的同事告诉你,他实在太卖力了,其实完全没必要每次都亲历亲为,基本上,他已经在外劈腿。

☆ 他的钱包不像以前那么鼓了……

男人的经济状况很能说明问题,真是忙于加班的,且不说加班费,就看在他没时间花钱的分上,他的收入也该相对有所增加才是。所以,选一个他"总算有时间陪你"的时机,一起去逛逛商场吧。如果他的钱没用在另一个女人身上,于情于理,他都会为你看中的东西买单。你也可以建议一次短途旅行,看看他的钱包是不是还像以前一样。

如果他花钱的方式突然有了变化,变得大方或者变得小气,或者他买的东西和以前不是一类了(比如突然买了好几件条纹衬衫,而以前喜欢纯色的),说明他开始受到他人影响了。

✦☆ 他突然对某个之前从来不感兴趣的领域了解得头头是道,或者他突然有了新的兴趣爱好……

这种表现在那些好奇心或者说上进心特别强的男人身上经常可以看到,但是不可否认的是,也有可能是因为受了"第三者"的影响,而这种可能性,其实并不低。所以你需要进一步试探、确认。

你可以用一副很感兴趣的表情,告诉他你想跟他一起学习学习,或者你告诉他,和那个领域相关的活动,你想和他一起参加。总之,让他知道,你想培养和他相同的爱好,然后观察他的反应。

如果他是受了"第三者"的影响,他不会想要你一起参与,往往第一反应就是回答"对你没多大意思","你马上就会厌的"等等,总之会否定你的意图,这说明很有可能,他已经劈腿。

✦☆ 如果他有段时间不想要你,如果他的性爱方式或趣味突然有了变化,如果他流露出把你和什么人比的评价……

应该说,劈腿的一大表现确实是从减少性爱次数开始的(很多还算单纯的男人,一旦身心被第三者占领,就很难再与身边人做爱),但不/无法做爱=劈腿,这样判断也是很片面的。因为男人有点累时会特别想要,真的抑郁、焦虑、人际关系紧张、嗜烟、酗酒、过劳、压力巨大时性欲确实会减退,会发生男性勃起功能障碍(ED),所以这时你要留心他的健康状况,可以建议他去做一次体检。

但男人劈完腿回家,在床上的表现总会有点异样。现在男人也学精了,回家之前好好洗个澡,所以你要想通过香水啊女人化妆品香气来判断,比较困难。要留心的恰恰是他整个人的体味,比如他平常总有点汗味的,最近好几次都闻不到了;或者汗味是否特别重等(男人劈腿,男性汗液中就会分泌出一种激素,这是为了刺激对方体内荷尔蒙分泌的,但也会加重他自己的体味)。

6☆ 他开始注意穿着打扮或者品牌……

劈腿初期,需要良好形象。男人开始张扬自己外表时,基本都有了危险倾向。

大部分男人穿衣是有自己 STYLE 的,比方说,特别喜欢休闲款外套或者特别偏爱西装外套,品牌价位甚至购买地点都会很类型化。如果近来你发现他的圆领毛衣多出好几件,以往你建议的翻领毛衣却不见上身,至少说明他开始不在乎你的建议了。假如不幸第三者和你品味完全相同,留心他的购物小票,因为他会告诉你,他是自己去购物的,但如果真是他自己一个人购物,男人一般会选择常去的那几家,再进一步,如果那些商店不在他从家到单位距离内容易经过的路线范围内,基本上,劈腿是一定的了。

7☆ 两人交流时他的态度或者说话内容变得冷淡……

男人的心开始出轨时,说明他想的是"第三者",很多人很难对身边人再保持笑脸相迎,当他开始常常说些这样的话时,证明你已经不再是他心中唯一。

■"唉,别烦我啦,你看着办吧,随便怎样都可以……"

■"我哪里有什么变化啊!"

■"男人总是要出轨的。"(往往在看电视剧时发出这样的感慨)

■"你想怎样就怎样……"

■"嗯……""啊……"(一副很无聊、很不愿与你多说话的表情,或者叹气次数莫名其妙多了起来)

■"谁谁谁,看起来很温柔嘛……"(把你跟其他女人作比较)

■"其实难得出出轨也不错啊,可以调剂两人感情……"(嬉皮笑脸,貌似无心状)

■"一个男人一辈子就恋爱过一次,你们女人会不会觉得他很没用啊?"

■ "什么什么你没弄好!"（动辄指责）

■ "你不会瞒着我出轨吧……"（有些男人劈腿后，突然担心起自己的老婆是否也会如法炮制，典型"只许州官放火，不许百姓点灯"的多疑占有型）

8☆ 心不在焉，或者看起来心事重重……

因为想着要和第三者见面，想着以后该怎么办，想着下一次该找个什么借口，男人就会变成你不熟悉的样子。你开口关心他，他永远告诉你，他在为公事烦心。你可以找准一个他看起来挺悠闲（比如看报）的时机，准备些可口点心，倒上他喜欢的咖啡或是洋酒，突然问他一个和工作有关的问题："最近都见你为工作烦，现在做什么CASE啊?"

如果他真是为工作操劳，见你那么体贴他，会说上一大堆和工作有关的内容，很有可能就是他这些天的烦恼或者不满；如果他说不出什么和公司、工作有关的具体内容，只一味让你宽心，基本上，你可能真的要操心了。

其实有一类男人有着特别容易劈腿的性格，如果你想从一开始就杜绝这样的不安全感，不妨好好鉴别一番。

■ 虽然男人多多少少都有喜欢漂亮女人的品性，但平时经常喜欢品评女性、在社交场合很容易把话题转到女性方面的男人，很容易为自己创造劈腿机会；

■ 对自己很受女人欢迎这一点尤其自得、自信。这样的男人认为越受女人欢迎，自己作为男人的价值就越大，因此他很容易以自我为中心，对劈腿这种行为没什么负疚感；

■ 如果你的男友被你发现劈腿，却告诉你："你们两个我都是真心喜欢的。"基本上,不用再给他机会了。因为他优柔寡断,又很懂得宠自己。他不想承担二选一的决断痛苦,表明他优先考虑的是自己的心情是否愉快;

　　■"现在开心就可以了,想那么多干嘛",经常说这种话的男人对人生没有计划,所以对结婚他也一样不会有计划(除非你深得他父母欢心且他父母还能掌控他)。又因为只考虑眼前,不考虑将来后果,这种性格也很容易劈了腿再说。

5 ☆ 他是不是魅力男?

女人都有某种判断男人是否有魅力的直觉吧? 比如我,每认识一个陌生男人,心里都会掂量掂量。如果觉得他是,会进一步猜测,他特别吸引哪一类型的女人;如果觉得不是,会替他思考,问题出在哪里。

以前在报上主持情感专栏时,曾经收到过一封署名为"不自信的男人"来信,信中他写道,二十八年来,从来没有哪个女孩愿意和他一起过生日,他认为是自己长得不够帅,人又内向,没有勇气主动接近异性的缘故。当然我没见过他,但是就我经验而言,那些魅力男人中,有上述缺点的不乏其人。

俗话说,"男儿无丑相",他之所以不受欢迎,是因为他没有用心注意,女人都希望自己的身边人,做到些什么。也就是说,不是因为有缺点才没魅力,而是因为那些缺点乏味、危险。

一次我应邀参加一个媒体人饭局,在座有两位陌生男士:一个年近五十,可以看出年轻时长得还算可以,不过现在已经有了与年龄相符的大肚腩(标准的"老男人"形象),在出版社当个官,姑且称他甲;另一个三十出头,个子高,皮肤健康小麦色,很是英俊,是个摄影师(后来我才知道,他父亲是个著名艺术家),叫他乙吧,我进门时乙正介绍自己毕业的那所名牌大学。

三小时的观察,我的结论是:甲是魅力男人。而且我敢断定,不管他是否老掉牙,女人们仍然会觉得他很可爱。判断标准如下:

1. 在大家交谈的时候,甲不会做出让身边人一惊一乍的大幅度动作。大多数时候,他悠闲地吃喝,或是舒服地靠在椅背上凝视发言的那一位。有几次,话题引起了他的兴趣,他立刻坐直了上身,身体微微前倾(他让你感觉到,他很沉静,有一个自给自足的空间,轻易不会倒塌)。

2. 席间正聊起"情人节",女人们起哄,让男人们说说记忆最深的感情经历。甲微笑着说了自己大学时代,只有七天假期,如何凭借同学父亲的一张铁路工作证坐了三天三夜火车看望女友,见了一面后又坐三天三夜火车返回的故事(不与现在生活建立比较或是联系的一种很客观但是快乐的表达方式)。

PS:我注意到他还提到过一两次自己年轻时在工作上闹的笑话。

3. 开怀大笑中夹杂了几缕看起来有些害羞的笑容。

按说,浑身名牌(包括衣物与背景)的乙应该很让男人们艳羡,也许男人们(包括他自己)会认为,这才是女人眼中的"魅力男人"。我得承认,如果我是个十七八岁的女孩,很有可能也会这么认为,甚至还会喜欢上他。可惜现在,我是熟女一名。我相信真要和他交往了,一定会迅速发现,他其实什么都不是。

如果乙在报上登一则"征婚启事",肯定应者云集。我相信如果他需要,不难找到女友,但是,**不缺女友≠魅力**。乙身上的特质和我对"魅力"的解读大相径庭———一个需要提供外部条件加分的男人,本身说明魅力不够,没有更多可供推敲之处;**有很多女友=无法和异性保持更长久、更深刻的关系=会被迅速遗忘。**

是什么细节让我对乙得出如此结论?

1. 他一边说话一边动来动去,给人一种坐不停站不停的骚乱感。即使不说话,他的手指也常常摆弄桌上的手机,不时打开翻盖看看有无短信(相信大部分女人和我一样,对这样的男人没法产生安全感、信任感)。

2. 他喜欢显示自己是个优秀男人,但很可惜,采用的是欲扬先抑方式,当然,抑的是别人(他可没大方到拿自己身上什么缺点来开玩笑)。让我吃惊的是,他为了赢得大家的笑声,竟然拿在座另一位男性朋友开涮,打赌对方之所以剃了个光头是因为有自知之明,发现头上开始沙漠化。

3. 笑得很表面,不能说皮笑肉不笑,但是很肯定的是,嘴在笑,眼睛里却完全没有笑意(一看到这种不会开怀大笑的男人,我就觉得浑身不自在,会想,要是和他在一起,是不是自己也不可以放肆大笑)。

我个人觉得,第二条缺点尤其可怕。

一般而言,女人都会在背后不自觉地议论别人,有时难免流于刻薄,所以女人需要自己身边的男人理性而负责,客观告诉自己真相,给出公平建议。有一个类似乙这样的伴侣,只会更滋长女人狭隘的一面,对成就知性的美丽有害无益。

那么,究竟什么样的男人,才是女人眼中的魅力男人?在我听取其他女友意见的基础上,总结观点如下:

++一、魅力男人必备唯一条件——更有自信 ++

1. 如果你不是围绕这一点努力,相信你做的都是无用功;

2. 魅力男人五个补充条件是：活力、聪明头脑、包容力、富有牺牲精神（这点嘛，并非只有上了"泰坦尼克"号才用得着，平时让个座位什么的，应该总能做到）、正义感；

3. "我肯定没什么魅力"，类似这种退堂鼓最打不得，人生还长着呢，可别言之过早；

4. 要是怕被甩，那你连被甩的机会都没有。

++二、这样的男人，女人们会更愿意留下联系方法 ++

1. "随便啊"，"都可以吧"，"就那样呀"，翻来覆去就那么几句的男人，女人不会愿意跟他们多说半句（有强迫倾诉症的女人除外）；

2. 女人不会依赖一个"你觉得哪里好?"的男人，她们更愿意被"我们去那里"的男人摆布；

3. 女人会对主动跟自己搭讪的男人增加几分亲近感；

4. 女人主动给你添茶倒水（哪怕那只是饭店免费茶），你也不要摆出一副理所当然的表情，至少低一下脑袋，微笑则更好，否则女人会觉得你完全无视她的存在；

5. 男人如果就工作上的事征询女人意见，女人会认为这是对自己的信任、一种肯定，作为回报，她会想给你更多一些……

6. 如果你只是一直看着她（既不干什么也不说什么），女人只会总结出一个字——烦；

7. 女人不会认为只对她特别好的男人真的温柔体贴，除非你能对周围所有女性一视同仁。

++三、如果你已经是魅力男人，请继续修炼，更上一层楼 ++

1. 一个像孔雀开屏一样打开自己知识小宝库的男人，与一个

坦言自己不懂并不耻下问的男人,女人对后者更有好印象;

2. 女人更愿意跟和自己一起笑的男人在一起,而不是仅仅逗自己笑的男人;

3. 女人的火眼金睛更能看出你骨子里是否时尚,而不是你是否能对名牌说得头头是道;

4. 你嘴边挂满听起来有如天书的专业术语,女人不会认为这是你知性的象征,相反,她会认为你更需要一个人待着,孤芳自赏、独善其身;

5. 如果你只想说你自己,女人和你说话的热情就会像茶水一样逐渐冷却;

6. 你对服务员的态度比你买单的数字更能说明你的品质;

7. 如果她还不曾明确同意和你交往,你就突然送她高价礼物,她衡量后觉得无法给予你更多,便会谨慎保持你们之间的距离(见钱眼开者除外);

8. 任何情况下都不要说自己前女友(如果你不幸有那么几个)的坏话;

9. 哪天换个新造型前去见她,哪怕新服装新品位并不适合你,女人还是会觉得你充满活力。

要检验女人对魅力男人的判断,方法很简单,把男人扔进一个有 N(N≥2)个陌生女人的集体聚会,结束的时候,看看有没有女人私下对他说,"下次一起去干嘛干嘛……"、"再……时一定要叫上我哦"、"加我 MSN"或者"我们邮件联系"。

屡试不爽。

6 ☆ 投资 VS 找男人

　　跟男人打交道的原理和投资有很多共通的地方，因为这两门功课都需要"清楚了解对方情况、做好有风险的心理准备"，当然啦，涉及实际经济效益那块就更有得一比了，两者都能给你带来收益，也需要你付出不少心力。

　　比如说，如何火眼金睛地判断男人是不是在说谎？完全可以运用投资学来分析。

　　假设你买的是 A 公司股票，这个 A 公司对你而言，就像你的男朋友一样重要了。买过股票的都知道，这时候就得常常看报，看看那家公司最近有什么新动向，有没有兴趣在其他领域也轧进一脚等等(这就等同于你的"他"打算花心了)。想买股票，一般都会在事先详细了解情况以后才会定方向，定下后也会时时监测公司运营情况，谈恋爱也一样，就算不是朋友介绍摸不着底，也不能放任自流，完全不了解对方，否则怎么失去的都不会知道。不过对男人开展了解工作得细致小心，最好是从侧面收集有用情报。

　　再比如风险性。找男人也好，玩投资也好，都涉及外部环境因素影响，因此肯定没有什么绝对的安全保证。所以要事先想好，假如对方有所变化，对自己会带来什么样的影响，如果考虑过种种可能性后再作决定,就算是给自己打好了预防针。投资学里有个专有名词,Value-at-Risk,也就是风险值,怎么计算?要看你经营什么。如果是开个小店,就要把店租、管理费、税收、员工工资等一应开支以及商品损耗全算进去,然后估计一下你的利润会有多少,利润减去所有开支后还剩多少。如果没有什么利润,那就是有风险了。最坏情况下,你大概会损失多少也就一清二楚了。找男人也一样,想想清楚最糟糕的事情会是什么,自己是否承担得起,这一点尤其适合发现对方是有妇之夫的时候。

最关键一点自然是"收益性"啦。男女间的所谓"收益性"其实是看双方是否够默契,够合得来。投资也有很多种,是买卖古玩还是现代艺术品,是买黄金还是买二手房出租,得看适合你的那种方式是什么(这在选择投资时很重要,因为你对不喜欢的方式很难保持长久热情)。比方讲,对方老实巴交,虽然欠缺幽默感,但是工作认真(或者是公务员),总之每个月工资准时上交给你,钱数也没什么起伏,这就好比买"国债";如果你希望发点小财,但又需要安全感,就得咨询银行代理的投资项目;又要对方长得好,又要高学历撑门面,还需要对方挣大钱,这种男人就好比名牌企业的股票,买进就得大投资,你自己实力是否够得上?当然了,找个潜力股也不是不可以,就得看你眼光了。

对你来说,你想从对方那里得到什么?是想有个可以炫耀给女友们看的主儿,还是想要安全感?是想和他一起实现你的一些梦想,还是只想享受他给你带来的好处?只有足够了解自己了解对方,你才能开始恋爱,当然,也可以玩玩投资。

7 ☆ 和小男生恋爱的好处

最近突然发现,开始和小男生正儿八经谈起恋爱的身边女伴人数是越来越多了。

三十岁,对单身熟女来说绝对是一个坎,她们一方面会安慰自己心态还很年轻,可另一方面,又不可避免地意识到,自己真的要变老了。从三十岁开始,熟女们的人际关系也会慢慢发生微妙的变化。首先,自然而然地会和那些已为人妇为人母的女友疏远,直到基本不再见面;其次是在工作上,大部分熟女这时都已担负起一定职务,可以指手画脚教育新进员工了。那究竟是为什么,很在乎自己年龄的熟女会去找"小男生"呢?

我请我那些女伴喝了一次下午茶,想听听这理由。当然她们和"小男生"开始的契机各不相同,有的是在公司组织旅游的场合,有的是因为经常在一起吃饭,还有的是失恋小男生找大姐姐聊天,聊着聊着发现了成熟的魅力,逐渐水到渠成的。但有一点是共同的,就是那些小男生都符合两个条件,一是和女方有共同的兴趣爱好(比如都爱泡吧),一是能在她们因为工作心力交瘁,或理由不明地很失落沮丧的时候,愿意耐心听她们倾诉。一般的年长男性,眼光习惯居高临下,女伴缺点尽收眼底,一到这种时候,基本都是批评、给建议居多,再基于男人习惯的表达方式,那些从不同视角出发的意见往往以一种强硬的、非接受不可的方式被灌输到女人脑子里。小男生呢,表现则正相反,他们既不会像女性朋友那样附和你议论一番,也没法给出什么有价值的可行性建议,所以他们只会待在一旁,奉上一双耳朵。可对熟女来说,却会觉得这种关注本身已经很温暖。不过有一点值得注意的是,我那些熟女朋友们都是普通高级白领,一家一当都靠自己徒手奋斗,她们强调,她们看上的小男生性格都特别温柔,甚至有点女性化倾向(可不是于连那种危险的、野心勃勃的家伙),很多时候他们看起来就跟小动物一样,在比他们年长的女朋友虚弱的时候,他们能做的就是静静守护,这样一来,熟女们就觉得很安心。

有位熟女朋友已经三十五岁,小男友整整比她小了一轮!男孩子是个美国人,他们在工作场合认识以后他就开始展开追求,一开始她顾虑重重,一是年纪相差那么大,一起出去引人注目;一是她还想结婚,而和这样的小男生在一起,基本得死了那条心。但那男孩也不勉强她,只要她需要,他随叫随到,随时随地陪在她身边(小男生虽然没有那么多挣钱机会,但时间就是金钱,他们有的是时间,大可以陪你一整个周末),而且一直跟她说,恋爱自由,年龄不是问题,彼此喜欢才是关键。她开始信任他,就这样两人在一起了。女友告诉我,她的感觉很好。"和他在一起,我终于舒了一口气,因为不图他什么,就不需要伪装,我是什么样子,就给他看什么样子。""可你还是想结婚的呀?"我问她。"想想将来是会很不安,但突然很想抓住最后的美丽,至少现在,我确信他是爱我的。"

我其他女朋友则这样回答我,"他能用温柔为我疗伤","我已经很久不知道爱情是什么滋味了,和他在一起,又开始心跳加快了,恋爱本身的感觉真好"。

确实,现代人基本早熟,男人到了三十来岁,已经身经百战,哪怕心动，一般也会"再等段时间观察观察"，不太会积极主动表白心意。有男人这样跟我说："让我再去穷追猛打，那是不可能了。她接翎子，我们就在一起。"很多男人对爱情本身已经持消极态度，"我要是和她约会，一个月要多支出多少多少"，这样的帖子在网上也不少见，他们宁愿在有需要的时候去网上找一夜情对象。还有男人认为："不想再因为谈恋爱受伤了，年纪大了，找个老实贤惠的，安稳过日子就行了。"这样的男人对仍想精彩活出第二春的三十熟女而言，无异于一潭死水。而小男生的魅力则在于，他们有足够能量，能满足熟女对恋爱的向往。你能想象一个已经微见肚腩的男人握着你的手，眼睛水汪汪？

小男生的好处可不止以上这些，他们还不是恋爱的"老油条"，他们对人生还没有厌倦，他们感性、相信浪漫、还愿意追求一些纯粹的东西，他们说到工作说到将来还会两眼放光，跟他们在一起，你能感受到细胞在活化。

当然，不是所有的三十熟女都适合找个小男生让自己保持青春心态。首先，中国的传统匹配观是男大女小（"女大三抱金砖"则出于让男人安心追求功名的考虑，另当别论），能俘虏小男生的一般都是独立自主女强人类型。中国女人和男人交往，一般都是男人买单，而和小男生在一起，最起码得 AA，很有可能，还得自己买单。自然，也不能撒娇让对方买些贵重礼物了，对方力所不能及嘛。还有一点，男人们通常只能承受一种负担，如果女人很自立，他没有经济负担，他就得受精神负担，很耐心地听女人唠叨发牢骚。不过有一类牢骚不能常发，比如责怪他性经验不足（还是要以温柔引导为主），或是你对他在工作上有很高期望，但他让你失望了，你就经常抱怨"你就是年纪小"，"你连这都不知道？"这类一再确定年龄差异的牢骚会使他失去自信。哪怕我们和他们没有将来，我们也不能毁了一个男生。

说到底,小男生为什么愿意和大女人在一起? 就我分别见过的我女伴们的那些小男朋友而言,虽然性格因人而异,他们都说,在他们迷茫、不知道人生方向或失落的时候,他们的大龄女朋友可以在他们背上温柔地推助一把(当然不是落井下石那种推法),但最让他们心动的事,是这样强悍的女性只会在他们面前发嗲。"她在我面前流露出的表情有时就跟小姑娘一样,她在单位里绝对不可能这样。"虽然他们的肩膀还算稚嫩,但一样想被依靠。他们自己不习惯对女友工作、生活方式说三道四,同样也不希望对方干涉自己。"我没想过找个妈",也就是说,内心柔软的他们同样需要一段平等的恋爱关系。"我觉得她足够成熟,她懂宽容,不会一心只想改造我。我能放心在她面前撒娇。"

我总结了一下我那些和小男生交往的女伴们身上的特质:

1. 能跟下级员工开诚布公平等讨论;

2. 任何事情,下决心或做决定都很迅速(因此失败经历不算少);

3. 不仅受年纪比她小的男生欢迎,同时也受年纪比她小的女生尊敬崇拜,总之很受人依赖;

4. 和男朋友分手从不黏糊,知道不能挽回的时候从不死缠烂打(哪怕内心其实很后悔);

5. 对嗅觉或触觉很敏感,尤其能记住不同的香味;

6. 和特别年长的男人或是有妇之夫纠缠过一段时间并且无功而返;

7. 别看外表潇洒,但经常为自己的将来犯愁,怕寂寞;

8. 觉得拥抱比做爱更舒服;

9. 很迷信星座、占卜一类(这其实是很有女人味、很可爱的另一面)。

8 ☆ 男人越来越脆弱

今天和女友喝下午茶,她委屈地抱怨,说她的男朋友近来经常对她管头管脚:她要出去和女朋友们吃饭,他问她两个钟头够不够;她想去外地待三个月写书,他说租的房子里必须要有网络,必须二十四小时开着摄像头;一天打好几回电话给她;有时查看她的手机;有时在小区某个角落里埋伏着,然后突然出现在她面前……要知道,他们已经相处了四年,关键是,他们彼此仍然相爱,但她说,她快受不了了。

我想,问题也许出在她身上。

男人付出了爱情,但他觉得她没有认真充分地回应他(排除掉那些天性小心眼,有暴力威胁性的男人),他就会心神不定,就会婆妈地关注女友行踪。

我劝她,如果还想和他继续下去,就别让他整天提心吊胆地担心失去你。她问我,她从没想过出轨,可怎么才能安定他的心?

"认真对待他的爱。他要是对你说他好爱你,你不要一'嗯'了事,还是照样干你的,你要立刻充满感情地告诉他,你也爱他。别怕肉麻,肉麻充满力量,久了肉麻就能当有趣。"这一点我自己有教训,有次陪男友去买牛仔裤,他试的时候我无事可干,就和老板娘还价玩,趁机练练嘴皮子,没想到她牙尖嘴利损我一番,最后扔一句,买不起不要买。偏这时男友穿着新裤子走过来,见我脸色阴沉,就说:"你喜欢吗?"那条裤子很不争气地很适合他,于是我点头,但是脸色一时改不过来,后来就为了这么个小细节两人吵了一架,因为他认为我已经不爱他了。

男人越来越脆弱,女人只好越来越温柔。

"要去哪里,他问你之前,你先主动告诉他。"

有个失婚男人告诉我,他之所以那晚起疑心继而跟踪了他太太并发现她确实出了轨,就是因为"她平时总会提前很久就告诉我要去哪里,我从来都没怀疑过她,就那次,她临出门时我问了她才说,我一下子就觉得不对劲"。看来事先告诉男人你要做什么,他会放心许多。其实主动打声招呼挺省事的,你也不用被他盘查了。

按我自己的体会,如果爱你的男人不知道你平时都跟些什么样的朋友见面,他就会不安。我的做法是,不仅介绍我那些闺蜜给他认识,连闺蜜的男朋友也一同捎上,再把他隆重推出。如果是出差或是没在一起的那段日子,每天晚上临睡前铁定拨一通电话给他,因为很快一天就要结束了,他会觉得这一天我们都是一起度过的,很有让他"安眠"的效果哦。

不过这些都只是治标,一个男人为什么会患上恋爱依赖症?说明他的工作、人际交往不够充实,而且除了恋爱,再没有其他爱好,所以要治本,就得帮他找到新乐子,只有这样,他的心态才能恢复平衡,也才能乐于独处。不过做到这点很难,比较有效的办法是找他朋友谈谈,既可以增加对他的了解,又能暗示对方多约他出去玩玩。一定要做得不显山露水,但这里才是最难的地方,男人大多数还是挺多嘴的,如果你的男朋友知道你特地找他朋友谈了,会误认为你对他不满意,还会觉得你家丑外扬,没准好心就办了坏事。

9 ☆ 男色时代,你买不买单?

　　早前作家石康在博客里发了点牢骚,说从来没有看到过女孩子的钱包,立马被广大妇女同志围追堵截,喊杀声一片。其实在日本、欧美等发达国家,消费男色是很平常的事情。总算这股男色之风吹到了中国,好男、快男、超男层出不穷,从球星、影星、歌星到作家,男色消费已经充斥着各行各业。有时走在街上都能看见这样的老少配,第一眼看去以为是母子,再一看才发现暧昧暗涌。

　　过去人们的普遍观点是男人无论多大年纪,都可以喜欢年轻女孩,但其实爱美之心人皆有之,女人一样喜欢美少男。洪晃就说过,男孩首先淘气是关键,不要乖,要有常人想不到的行为。第二,就是长相要英俊,长得好看总能占便宜。第三,哪怕还没成型的男人,不需要有成就,但是要聪明。某媒体行业女强人每次出门都为老公买单,老公则更多待在家,照顾孩子体贴妻子,男色时代,如此男主内、女主外,你可愿意消费? 又是否消费得起?

　　能被女人消费一把的有色之男(以下简称"色男")大抵具有如下共性:

1. 年龄小于二十五岁;

2. 性格很柔软,但却不喜欢像传统做法那样哄着女人,那会让他们感到很有负担;

3. 他们不喜欢被伤了自尊心,所以也不太会主动表白,不会特别积极地追求女人;

4. 很能表达自己想要什么、不想要什么;

5. 有很强的表现欲,喜欢引人注目;

6. 有时尚细胞(如果能一边追逐时尚一边保持自己一贯风格,算是上品);

7. 如果是跟他自己的哥们在一起,总是他带头他做主;

8. 经过橱窗看见自己会下意识摆个POSE,自我陶醉一番;

9. 经常会议论"男人怎么样","女人怎么样",对性别差异很敏感;

10. 心情好的时候和不好的时候反差很大;

11. 独占欲强,好嫉妒;

12. 容易激发出女人母性本能……

要想消费这样的色男,做淑女肯定毫无进展,首先在气势上就要具有某种"熟女"的华丽感,同时还要有耐心理解他的所谓"内在"。色男们因为习惯秀自己,很不愿意做安静的陪衬人,总想努力成为话题中心,所以最好不要在他面前赞扬其他色男;他尽管骄傲,自尊心却又很容易受伤,因此不要去否定、干涉他的品位,一旦发现他有新的长处,要毫不拐弯抹角地直接赞扬。

消费色男,荷包当然需要掂量掂量,但也不是没有好处,如果和色男结了婚成了正果,其实也很幸福。比如:

1. 色男可以督促女人强化时尚意识,这样熟女在妆扮上也不会太掉以轻心,随便以黄脸婆示人(特别强势的、"破罐破摔"

的除外）；

2. 色男一般心机不会太重，被人宠时会像小动物一样显得高高兴兴；

3. 很轻易就能让色男高兴起来，熟女也会很高兴（能用钱解决的事，通常都很容易。不过，不要指望色男每次都很真诚地感谢你）；

4. 如果自己很活泼好动，选一个性格外向的色男，周末不会寂寞无聊（你能想象一个事业有成却只想赖在床上的中年男人陪你打羽毛球？）；

5. 色男尽管总在女人圈里打转，倒也不至于恃娇恃宠，一般脾气都不错，基本都能很轻盈地容忍熟女的任性；

6. 色男很少会对熟女指手画脚，"你应该怎样怎样"，这种居高临下或强加于人的态度只属于那些有钱有势的中年男人；

7. 带去人前展示颇有面子，更能彰显自己个人魅力；

8. 和色男恋爱，心脏时时小鹿跳，没准很久都没有这种感觉了吧。女人过了三十岁，基本都是往下坡路上走了，此后漫长人生，有这段故事点缀，相信一定不会后悔，会有美好的回忆。如果交往顺利，还能培养出稳重又热情的熟女魅力，有利此后半生。

有位女友就选了这样一位色男夫婿，她三十五岁，他二十八岁。从恋爱开始，就是女方主动。她告诉我，能消费色男的女人，一般都很擅长制造诱惑的氛围，但这种诱惑又不特别明显（那样就显得太轻浮了），所谓稳重的诱惑。她第一次在会议上看到他后心就一动，于是主动与他搭话。

后来是色男主动向她表白，她心中狂喜，但脸上不动声色，很安静地听他表白完，然后点点头。据说后来色男告诉她，他当时很紧张，生怕她大笑出声——如果那样他会落荒而走。

但她从不"倚老卖老"，她说以为自己年纪大，更有经验，就觉得有义务处处引导对方，只会让对方强化年龄差距，加强"老女人"的印象（当然对方迷茫失落之际，大可温言安慰）。在人前她总是一副女强人模样，但在他面前却会像个小女孩一样撒娇，要他宠她，让他知道，只是在他面前，她才这样（不过在明确恋爱关系之前却不能撒娇，在他表白前她始终扮演一个很好的谈天对象的角色）。

其次，想要消费色男，自己一定得非常自立（无论精神上还是经济上），因为AA制是最起码的。但她告诉我，即使自己有足够的经济能力，也不要经常邀请对方去高档餐厅，他会感到有压力；另外，即使去了高档场所，也要不露声色地暗示给他相关礼节，这方面很见功力，要让他在不知不觉的放松状态中知道该怎么做，而不是很紧张很自卑地听你上课。

她说，女人有钱真的非常重要，可以让色男不必为了经济负担焦头烂额，还可以跟他一起享受很多精神娱乐。另外，所谓消费，也不是只有用钱一种，假如对方属于野心人物，大可不吝溢美之辞以鼓励他的努力，如能在事业上助他一臂之力，介绍人脉等等，更是锦上添花。

其实，能和色男终成正果的熟女并不多，这与色男在爱情方面不够积极主动也有很大关系，很大原因就是他们没法在熟女面前自信起来。本来色男就是在各方面都缺乏经验的青果子，对此熟女要做好思想准备，不要因此失望，不要既要求他有青春容颜，又要求他有四十老男的十足底气。即使他没法达成你的期望，也不要像他妈一样责备他，最忌讳的两句就是："你真幼稚"，"连这个都不知道"。也别想着对他管头管脚，他觉得束缚，就会觉得你是个很沉重的包袱，立马就会抽身。如果色男只在你面前自然放松，基本上，他就是你十拿九稳的囊中之物了。

当然，短期消费色男，只是消费他一个，至于他年老色衰的父母，要感谢他们给了他良好基因，虽不至于爱屋及乌，也应予以尊重。有一台湾富女曾拎上不菲礼物屈尊去色男男友家中拜见二老，一出门就开始嘲笑批判，从家中摆设到他们谈吐，没想到色男是个孝子，当下一崩二散。所谓消费，也是等价交换，所以大可不必让人蒙羞，伤人自尊。

不过，女人可以不介意为身边色男分担经济，甚至为他们买单，但有些代价却更为高昂。

++ "男色消费"七宗罪 ++

1☆ 既然是魅力色男，当然会很抢手，每天都活在防不胜防的竞争环境，难免身心疲惫。

解决对策：

受欢迎不等于他就能得到真爱，往往越是色男，爱情上越是容易受挫，而且常常受骚扰，恐怕也是有苦难言。就算女性处处宠他，现今社会又不是女儿国，受到周遭男性妒忌，只会比女朋友的妒忌更棘手。只需倾听他的烦恼，多理解他一点，就能博他的好感与信任。至于那些围着他的莺莺燕燕，你完全不必卷于其中，你是他的真命女，让他明确这一点就可以。

2☆ 一开始你们就是 AA 制，有时他还嬉皮笑脸要求你给他买单。不是没有这个经济实力，却感觉自己"倒贴"，心里不爽。

解决对策：

如果你不是富婆，不是仅仅娱乐"美色"，完全没必要自己掏钱惯坏对方。也没必要告诉他："你好帅啊！"对他来说，再怎么赞美他的外表，也是理所当然，完全没有惊喜。与其掏钱买礼物买单让他高兴，不如多赞他"好认真好努力"，"个性很特别，和别人都不一样"，"品位很好"之类。

3☆ 每天都得伪装自己很大度，不吃醋。

解决对策：

既然你已经是熟女，选的又是色男，你就不能像比他还小的那些年轻女孩一样，动不动就随便吃醋。想把他从那些小女孩手上抢过来，你就得伪装自己很宽容，不那么敏感、神经质，这样他才能分辨出熟女的特有魅力来。

4☆ 要啥没啥，好像什么都得靠你。

解决对策：

你不是他妈，不是育婴妇，所以不用帮他搭好所有梯子。但与其因为期待而失望，不如站在他的立场上，根据他的兴趣暗暗引导他发达之途。但不要显得太有经验，也许他会佩服你，但他也不会再把你当他的女人看。

5☆ 他自恃"年轻貌美"，不肯努力上进，搞得你像袭人，吃力不讨好。

解决对策：

该发火时就发火。他是色男，但还是应该有个男人样。

6☆ 在他面前不能轻易言老。

解决对策：

"叹老"的话还是跟闺蜜讲讲算了，让他意识到年龄差距的话一律三思而后言，什么"我好累啊"，"很辛苦"，"走路很吃力"，这种让他猛然意识到他和你有很大差距的话尽量免提；另外那些有年代感的话题也要尽量回避，什么我读初中那会还有粮票之类的怀旧话题，不提也罢。如果一味聊起小时候，他会陡然意识到，原来和你有那么大的代沟。

7☆ 不知道该怎么打扮才好。

解决对策：

不要为博他欢心强扮嫩，用心过头往往适得其反，年龄的印记就像浮雕一样凸显在了你不菲的粉底上。尤其不要追赶年轻人的流行，和色男的朋友们一起聚会时，千万不要跟着他们的话题跑，你越想显得你很不落伍，越会显出你的年龄劣势。

我的一位女友，自己是电视台主持人，收入不高不低，但她大大反对为男人买单。"大单他不够付或者需要分担时自己才会买单。为我喜欢的男明星掏腰包，只是买票买文化产品，鼓励鼓励他。总是让女人买单或总和女人提 AA 的男人让人看不起。但我觉得这种男色消费是社会发展的必然。女人是感情动物，更在乎道德感之类，性需求也好，情感需求也好，适当的出口就是养小男人。大部分女人成为富婆都是以男人成功后的冷淡为代价的，性和感情都需要新的出口，是对她们从前伤口的弥补，就算明知不能长久，明知是饮鸩止渴，一段时日男人的温柔体贴还是她们最缺失的东西，跟好斗成功的男一起就没法享受这些，但是可以成富婆。还有，女人的财富、社会地位不能和男人比，被伤害过的女人，无法报复比她更成功的、抛弃她的男人，除了性——那永远是年轻男人最有力的武器，每个男人都知道这点。那些泡年轻 MM 的老男人，最怕的就是和年轻男人比这个，男人一老，钱就不再成为角力工具。小男人的性，可以说是女人潜意识里的示强，因为再有钱的男人，都怕老去和阳痿，但女人可以借助小男生，到中年还可以无数次高潮，保持神采飞扬，这比的就是实质'过得好不好'……"

有意思的是她的丈夫也不太愿意让女人买单："公司间往来无所谓，一般朋友，如果女方太有钱并主动邀请去特贵的地方，她买单也无妨。至于吃软饭行为，就和中年男人泡年轻 MM 一样，只是种现象。"

PART *II*

☆男女有别

10
☆ 男人不都是这样的?!

　　有天我和一位做了妻子的女友聊天,她告诉我,她的先生属于那种"虚心接受屡教不改"的类型,上完厕所不知道要洗手,回家以后不肯换下牛仔裤,东西用完从来不知道放回原处,晚上睡觉前总是不刷牙……最后她这样总结,跟他讲也没有用,他们男人都是这样的。

　　对于我们女性来讲属于常识范畴的内容,对于男性来说,很大一部分都是新鲜的、闻所未闻的。记得当初看《激情燃烧的岁月》,有一个细节印象深刻:石光荣和褚琴结婚那晚特地洗了脸,"胡噜了好几遍",当他得知还应该洗洗脚时呆住了(显然这一点对他而言属于非常识)。婚后他也一再嫌褚琴规定的"洗手洗脚洗屁股"麻烦。

　　非常年代的男女相处之道与今天已有很大差距,在今天,一言不合都有可能闹去离婚,因此我建议我的女友用温柔的办法试着问问对方的想法——

　　"你能听我唠叨,真好,不过我想,也许你觉得那样做没有必要?"

　　原来,她的先生童年是在一个"农村化"的城镇度过的,而且那时大家生活普遍不富裕，从小受到的教育只是早上起床后要刷牙。虽然后来城镇进化成了城市，他也知道晚上睡前该刷牙、上完厕所后要洗手，习惯却难以养成。至于回家后不想换上舒适的家居服，主要是想着也许饭后会出去散步什么的。

自己的常识未必就是对方的常识，对方的言行使你产生不满或者无法理解的时候，也许只是价值观或者习惯不同而已。理解了这一点，就能以柔软的方式对待，许多不开心恐怕就此烟消云散。

男人（女人）不都是这样的嘛！如果抱着这样的想法，我想，你是没办法真正认识你身边那一位的。

读高中之前，我几乎没和男生单独交往过。现在回想起来，当初对男生的认识有很多误区，其中很多是源于和自己父亲的比较——

比方讲，我父亲一喝酒就会脸红，结果我看到喝了酒反而脸色发白的男生就觉得很诡异；我父亲不喜欢吃零食，而我当时的男友却很喜欢吃话梅，为此我几次说他"不像个男的"；我父亲话不多，以致我很难想象一个男人能像女人那样煲上几小时电话粥；更因为我父亲完全不注重外表形象，在我走上社会后第一次遇到男化妆师时我失态地连连问他为什么要干这一行。

对于男性，我们先入为主的误解实在太多太多了。以个人经验为标准，认为别人都该符合这个标准，我想误解就是这么产生的。

在我听朋友讲情感经历时，听到最多的一句就是：真不知道他（她）是怎么想的。之所以会说出这句话，也是因为自己已有一个基准，因此才会无法理解对方的想法吧。其实，女人也好，男人也好，每一个都是唯一的个体，都是陌生所在。

11 ☆ 不是为了解决问题？

现代社会，男人和女人几乎做着同样的工作。说得极端一点，除了暂时男人不能像女人一样生小孩外，男女在其他能力上的差异很小。而且舆论一致呼吁"男女平等、同工同酬"，那我为什么要写"男女有别"这样的话题呢？是因为我觉得如果不清楚地认识到这一点，这个社会的基本组成单位——家庭，会产生很多问题。

绝大多数夫妻离婚的理由都是"性格不合"，造成这种不合最大的心理原因就是男女本来有别，但双方却不承认、不接受这种差异性。

男女之所以组成家庭，大半是因为互相吸引，但毕竟两者是完全不同的，如果不能很好地理解"男女有别"这一点，两个近距离亲密接触的人攻击或伤害起对方来可谓轻而易举。反之，则会对婚姻或一般的人际关系起到很大的促进作用。

首先，男女有别，究竟因何有别？

近年来人体科学的一大突破性发现是，男女最大的不同点在其一身之首——大脑。这种差别如同男女手臂和大腿的差别。

1981年，加利福尼亚大学教授斯佩里通过对裂脑人的大量实验得出结论，大脑的两侧半球在功能上有显著不同。这一论点在学术界产生重大影响,斯佩里也因此获得该年度诺贝尔生理医学奖。他的理论是:在怀孕后十六至二十六周内,男婴即开始独有的化学反应,他们的"脑梁"(连接左脑和右脑,由一到两亿个神经纤维组成)中,有一些神经纤维会受到两种化学物质的影响而分离。一般而言,左脑掌管语言、概念抽象、数学、分析、逻辑推理等能力,右脑则掌管音乐、绘画、空间几何、想象、综合归纳等能力。男人和女人都可以分别使用左右两边大脑,但男人基本上都能同时使用,而极少有女人可以做到这一点,所以男人和女人在对待事物的看法或反应上很不一样,这也是为什么人们总说男人是理论家、女人是感情动物的缘故。

比方讲,看到新闻"某国总统被暗杀",男人的第一反应是"总统死了,那谁会做接班人呢?"而女人则会想"他死了,那他的妻子和孩子怎么办? 真可怜"。当然我们不能说哪种反应才是正确的。

夫妻关系一般而言,就是男人和女人的关系。而"男女有别"这一点,从夫妻间的对话中最能领略——

妻:"那家店里的东西,虽然从包装上看没过保质期,但看上去总是不太新鲜,不太放心。"

夫:"要是你觉得不新鲜你就直接跟店员讲嘛。"

妻:"但人家都不说……"

夫:"那就换家店买好了! 又没有人规定你一定要去那家店买。"

妻:"但是,那里便宜呀……"

夫:"那你到底想怎么样嘛?"

妻:"……"

于是妻子感到了不满,而丈夫呢,又因为不知道妻子到底想说什么,开始变得不耐烦。这些负面情绪都是因为说者和听者各自的意图不同而产生。倘若这番对话发生在两个女人之间——

A:"那家店里的东西,虽然从包装上看没过保质期,但看上去总是不太新鲜,不太放心。"

B:"是啊是啊,我昨天买了一盒去皮荸荠,明明没过保质期,回家一煮,酸的!"

A:"这样又骗不了人,回家一看就知道了,你拿去退了吗?"

B:"有什么办法啊,烧都烧了,我今天打算跟他们店里人讲。"

A:"他们不会理你的,肯定不止我们买了不新鲜的东西。"

B:"唉,谁让那家店便宜呢。"

A:"是啊,所以我每次买东西,还是会先去那家店看看……"

显然,两人都把自己想说的话说了出来,心情也因为得到发泄而平静下来。但是她们通过这番话得出了什么结论吗?没有。

对于男人而言,他听妻子说话是为了帮助解决问题,所以他会给出一堆建议。但女人其实就想说说今天遇到的不愉快的事儿,倾诉对象不是丈夫也可以是别人,她想释放压力,或者希望你能明白她的心情。她需要的倾听其实很简单,只要你和她站在同一立场,有所共鸣即可。这也是为什么男人总认为女人之间的聊天全是废话的缘故,因为她们并不打算真正解决任何问题。

12 ☆ 男人是平面，女人是直线

　　我有一个男性朋友，各方面条件都很好，是当仁不让的"钻石王老五"。终于有一天他结了婚，妻子是一个普普通通的小学老师。大家都很惊讶，问他何以为她下了决心？他说被她闺房温馨的女儿气所吸引。他的父母早年离了婚，他是跟着父亲长大的，看到布置得如此有家的感觉的房间，抵抗力顿失。

　　单身男人的房间大多颜色全无，一旦开始恋爱，随着女方的东西一件件搬入，慢慢就会变得富有生气。小小房间都会因为女人的加入而产生完全不同的感觉，更何况日常生活中的桩桩琐事？

　　比如，同样是问路，男人和女人给出的回答肯定截然不同。男人一般会这样告诉你：乘地铁到哪一站下来后从几号口出去，上到地面后笔直往东走，在第一个路口向右拐，再往前走五十米左右。

　　而女人却会这样回答：从验票闸机出来后向左走，那里有电梯，上到地面后右手边有药房，还有一个宾馆，顺着这个方向往前，在第一个路口往右拐，可以看到一间酒吧，再往前一点有一家"真锅"，后面的那幢大楼就是……

　　可见男人心中记下的是大方向，而女人牢记的却是感性的细节。男人喜欢的表达方式是平面图式，女人擅长的却是线性思考。

有一次我在车上听见一对情侣闹别扭：

女："我和你的工作，到底哪个才重要！"

男："当然两个都重要了！"

女："瞎说！那为什么最近不给我电话？你是不是烦我了？"

男："最近一段时间工作忙嘛，你怎么连这都不能理解？"

女："你看，还是工作比我重要！哼。"

对男人来说，工作、恋人、兴趣、朋友这四样都很重要，他们总是在其中周旋，希望能找到"和平共处"的平衡点，但往往很失败。因为男人一旦开始集中精力投入到一件事情上后，就很难分心到其他事上。比如工作忙起来了就会把恋人先放在一边，就连吃饭睡觉都是能省则省。

要是没什么特别需要操心的事，他就会在心中掂量兴趣和朋友的分量。"上周末陪了我女朋友，这周末还是和他们去踢球吧。"这样的想法对他们的女朋友来说，真是顶顶郁闷的事。因为对于女人来说，什么重要什么不重要早就在心中一二三四排好了次序。

对于大部分女人来说，占压倒性地位的肯定是恋爱这件事。新的恋情开始后，其他什么事都不再重要，好像要把身上所有能量都投入其中。就算要好女友约着一起出去玩，也可以一推再推（通常要等到男友加班，没空跟自己见面的时候才会想起女友）。

因为能量过分集中，因此一旦失恋，不仅无心工作，甚至会觉得自己的人生都没多大意思了。这时才会想到自己的女友们，于是拿起电话，开始哭诉……不过因为失恋时也是集中精力痛苦，反而容易快些释放快些痊愈，不久又能每天收拾得漂漂亮亮出门。

而男人因为重视平衡，即使受到"巨大感情创伤"，也努力不让它影响到其他事上，结果就是痛苦难以释放，长时间受此折磨。

13 ☆ 男人发动，女人前进

真的需要，一千元的东西两千元男人也肯花；

从两千元跌到一千元，就算不需要女人也愿买。

和男人幸福生活的秘诀是，一定要尽量理解他；

和女人幸福生活的秘诀是，千万不要试图理解她。

结婚后女人希望男人变，但是男人不变；

结婚后男人希望女人不要变，但是女人变。

······

男人和女人的不同真是说也说不完，从哪一点切入进去比较好呢？

归根结底人是高等动物，而动物的本能之一就是性，单从性这一方面，都能看出男女的差异。一个男人如果一年三百六十五天每天和不同的女人做爱，很可能制造出三百六十五个自己的小孩来。但如果一个女人同样如此，却只能和其中的一个男人孕育小孩。这意味着什么呢？

女人爱的方式就是"找出最优秀的那一个"。倘若身边有喜欢的男人,就会顺理成章开始交往,但要是有一天,遇上了更心仪的,并且对方对自己也有意,你知道女人会怎么做吗?

十有八九和原来的男友分手,奔向新情人的怀抱,在心理上也并不特别感到恋恋不舍。这种爱情的迅速切换,往往让前男友瞠目结舌。但是反一反……

和喜欢的男人恋爱,但是男人突然有了新欢抛弃了自己,这样的男人忘得了吗?

忘不了。就算在行动上不再继续纠缠,心里却会一直牵记着对方,这是因为错以为那个男人就是最优秀的缘故吧。

和女人相比,男人爱的方式却是"多多益善",假设真有三百六十五个女人供男人选择,恐怕没几个男人拒绝接受。男人没法爱一个人直到永远,男人不会给已经钓上来的鱼儿喂饵,再过五十年,男人肯定不可能像今天这般爱你。

和喜欢的女人在一起,但有一天,遇上了另一个令自己心动的,男人又会怎么做?

设法和新喜欢上的女人开始交往,但绝不会立即就和女友分手,这种脚踩两只船的做法恐怕是男人和女人最大的不同吧。

要是被自己心爱的女人抛弃,能忘得了她吗?

和女人相比,男人更容易忘却。因为他知道,新的机会在等着他。

那么,这种爱的差异需要抹平吗?仔细想一想就能得出这样的结论:男女爱的方式就如凸凹两字,恰好可以互补吻合。所以这种差异应该保留。

男人为了得到女人不懈努力,最终他如愿以偿,那么接下来,由谁维持这段关系呢?可以这么说,发动靠男人,前进靠女人。

要是都像男人那般去爱,恐怕天下女子都是他的好姐妹。但如果像女人那样,"爱"恐怕不会有开始的那一天。不信?

"爱情不可以随便玩玩"、"我们分居两地,就算开始了恐怕也不会有结果"、"年龄相差太大"等等,这样的理由一般总出自女人之口。女人喜欢在交往前思前想后,最大的烦恼是担心爱情一旦开始,却不能长期维持。而替女人快刀斩乱麻作出决定,正是男人的本职工作。上天创造出男女,分工可谓明确。

14 ☆ 男人重结果，女人重过程

　　有天我的一个女朋友气呼呼地告诉我一件事：她刚和男友分手不久，那天去他们当初最爱去的一家饭馆怀旧，居然看到前男友和一帮公司里的女孩子嘻嘻哈哈吃着东西。

　　这其实是男人和女人的不同之处。对男人来说，那里曾是自己女友喜欢的地方，因此他对饭馆的印象就是"一个能让女人高兴的地方"。所以当他和公司女同事们一起去吃饭时，他想让她们也高兴，自然而然就选择了那里。

　　而女人对此的印象却是"我和他一起度过美好时光的地方"，对她而言，目睹这样的景象，无疑等同于背叛，"他践踏了我珍贵的记忆……"难怪我的女朋友如此暴怒了。

　　但我想，作为那个男人而言，一定很难理解她的怒气从何而来，因为对他来说，他们已经分手，当初一同吃饭的记忆其实没有多大意义了。正因为他并没有"故意践踏"的恶意，他才会对昔日女友的责备感到不可理喻。

　　对男人来说，眼睛看到的、耳朵听到的才重要。女人则对抽象的过程、感性的倾诉更为看重。在交往过程中，女人往往会通过肢体语言或是表情动作，对自己的男友发出各种信号。比如寂寞了、有点吃醋了、出现别的追求者了等等，或者讲些公司同事的故事来试探男友的想法。

可惜，假设女人发出十个信号，你猜男人能明白无误地接收到几个？

能接收到一个的男人已经十分优秀。就算那些从事情感咨询工作的男人，能接收到三四个也已经很了不起。我有一位同样写情感专栏的男性朋友曾经向我感叹，说那句"心有灵犀一点通"的古诗实在是谬论。"你不说，我怎么会知道？"

不过对于女人来说，这样的信号就是交流的一部分，足已表达自己的情绪和想说的东西，男人却会从自己的交流方式出发，认为对方"要是想说什么就会清清楚楚地说出来"，正因为这么想，很多初露端倪的细节往往被疏忽了。

而女人也会因此心生怨气，觉得对方"如此迟钝，怎么对他讲他都不明白"，或者"不知道他到底在想什么"。长此以往，终有一天，无法接收信号的男人突然发现，女人变心了，也许那时他还会说，女人的心就像六月天一样，说变就变呢。

既然明白了男女有别，接下来就是如何理解的问题。虽然大家都知道男女交往重在交流，但交流要有效，还得靠语言，双方都得多问多说，尤其是男人。不管发生什么事，都可以问问对方的想法，在交换意见的过程中能大致明白对方的思维方式。

自己喜欢的人和自己肯定有不一样的地方，对你而言，他是一个未知的领域，交流既能加深你们的感情，也能逐渐扩大你们的认知世界。

15 ☆ 爱和钱,怎么可能撇得清?

"这是给你的。"

"啊,好漂亮的包,谢谢。"一边亲他一边……对不起,我也知道这有点不够浪漫,可是一瞬间惊喜过去后,脑子里闪过的第一个、被脸上的高兴掩盖掉的、不应该想到的那个真实的念头偏偏就是——这大概值多少钱?

除非是已经很熟很熟的男友(熟到都敢做做黄脸婆),一般是没法问出"你花了多少钱?"这类问题的。我的做法就是自己上商场去看。可是我一直都很自责,为什么脑子里会打小算盘?后来和女朋友们聊天才发现,原来大家都差不多,原来这就是女人的"劣根性"啊。而且有女友振振有词:"他在你身上花的钱和他对你的爱基本成正比,连钱都只肯用在自己身上的男人,你还敢相信他真的爱你?"

爱的多少是不是和送给女朋友礼物的价格成正比?我问了六个二十五岁以上的男人(他们都有一定收入),他们是这么回答我的:"送她礼物,就已经说明她在我心里是有地位的,别人我怎么没想到?"只有一个男人的回答不一样。他说:"能够想到买礼物送女人的男人,对商品和价格肯定有足够的敏感性,要是一个男人完全对价格没感觉,他想都不会想到要买。"他还很老实地补充了一句:"我也很想说'不是',但其实,买之前肯定心里有掂量。"

那么男人们都掂量些什么?

还没完全搞定的女人;

刚开始交往没多久正好过节或者她过生日的时候;

一直暗恋她,那天正准备向她告白他喜欢她;

只有在这几种情况下,男人们才会舍得花高价买礼物(这里的高价是相对于他的收入而言的)。男人心里有爱的时候,就很想让对方明白自己的心意,很想抬高自己在对方心中的地位,做法就是买个贵重礼物,类似贡献一般,以表达自己的爱意。

不过也有一种可能,就是有一类男人本身和女人一样喜欢购物,他们也会通过买贵重礼物来增进感情。这个猜测是一位男性朋友给我的灵感,他说:"我一点都不喜欢进商场,我本身就没有什么物质要求,我不知道也没想过要买什么给她。但是每次长假我都带她去旅行,都是我买单啊,难道我不够爱她?"

而我的男朋友知道我要写这篇文章,很是不乐意,他说:"你是情愿我用大半个月工资给你买份巨礼,然后剩下一个月我们都吃白饭? 还是我给你买个小礼物给你个小惊喜,然后我们顿顿都可以去不错的馆子?"他还说:"我情愿你吃得好。"

他这话说得有道理,很多相亲相爱的情侣或是小夫妻,日子处久了,要是对方送自己贵重礼物,还会心疼对方乱花出去的钱呢。可是说到底,那是因为觉得对方的钱已经是自己的钱了呀。爱和钱,又怎么可能撇得清? 我还是相信那句古话,水至清,则无鱼。

16 ☆ 为什么你就是看不见?

留心一下,这样的对话肯定经常发生在我们的日常生活里。比如说,某天早上的卧室里……

男:"哎,你知道我干净的袜子放哪里了吗?"

女:"有的吧,在第三个抽屉右手边。"

男:"咦,好像没有嘛——"

(只听见女人的拖鞋啪嗒啪嗒声由远而近)

女:"看,不是就在这里嘛,你怎么就看不见!"

(眼前果然出现了叠得整整齐齐的袜子)

男:"嗯……"

(一拉开抽屉,就看见彩条的围巾、不同花色的领带)

再看看这段发生在某个车站的对话吧。

女:"他们告诉我一下车就笔直往前走,那里有小区指示图,一看就明白了。"

男:"啊,有的有的。在那边呢。"(指着大约一百米远的前方)

女：“哪里哪里？在那个银行的边上吗？”

男：“不是的不是的。再往前一点，对面。”

女：“咦，没有嘛。”（向那边张望）

男：“再往前走一点就能看见啦。”（大约前进了五十米后）

女：“看见了看见了。”

从这两段对话中我们就可以看到，一般来说，男人非常注重空间感，看东西是从一个大范围来看，不是看某件具体的东西。女人非常注重细节，对自己身边的东西能够看得非常仔细。当然，这与近视、远视、老花眼等一概没有任何关系。

有一天下午，我和一位男性朋友乘公车去深圳大梅沙看海。我坐在车窗边，窗外是一幢幢立在山间装满不锈钢防护栅栏的民舍，但我发现，它们的阳台都空荡荡的没有任何保护设施。当时我想，倘若我是贼，从阳台爬进去不就可以？正胡思乱想，朋友用肩膀撞我：“你到底是来看屋子，还是来看海？”原来，脑袋右边，另一侧车窗外，南海之水在阳光映照下，波光粼粼。

那是不是说，男女有了这样那样的差异就永远不能彼此理解对方？当然不是这样，首先很重要的一点是承认差异必然存在。这种差异不仅存在于男人和女人之间，就算在男人和男人、女人和女人这样的同性之间，仍旧有许多个体差异性。

我有一个男性朋友，对女伴的要求很高，希望她和自己想法一致，这样无论发生什么事，双方都能默契地拥有相同感受。我告诉他，他这样的想法不仅不可行，而且会使他的人生越来越乏味：原本，每次和新的女朋友交往，就能感受到一个新的世界，趣味或者活动范围也会因此得到改变，这种改变本身就能扩大自己的认知。

在此基础之上，可不可以得出这样的结论呢———男—女如果有缘，而且你们相符的部分占一半，完全相反的部分也占一半，你们就可以考虑结为夫妻？也许有人会说,喜欢了就结婚,讨厌了就离婚,这才是现代人解决问题的办法,但我想,如果能进一步考虑对方为什么做出让自己讨厌的举动,或者找到两人都能接受的解决办法,人生也许会更加幸福？

17 ☆ 男女的最大差异

你觉得男女最大的差异在哪里？

和一帮朋友聚会时提出了这样的问题，下面来看看大家的答案吧——

约会。男人总是记得去了哪里："啊，这里这家店来过。"但是当时是和谁一起来的，往往想不起来。（为什么独独记得店？因为店是目的地。）女人呢，不仅会记得和谁一起去，还能回想起自己那天穿了什么样的衣服，大概说了些什么内容。

买东西。女人光是看橱窗里的布置也会很享受，男人完全做不到。

男人理性，女人感性。（虽然也有例外，但基本如此。）

男人很少有"方向盲"。（的确，比如我，只知道看地图时"上北下南，左西右东"，平时就算天晴，早晨和傍晚的太阳位置也搞不清楚，更别说具体的东南西北了。）

女人出乎意料的现实，男人其实更罗曼蒂克，始终想着追求理想或者儿时的梦想。（我觉得不能一概而论，但不现实的男人生活中确实遇到不少，尤其在我自己越来越成熟后……有一位男性朋友这样感慨,现在是被妻子逼着挣钱,但仍然希望有一天能实现去各地酒吧录音的梦想。)

男人希望自己是女人最初的那一个,女人希望自己是男人最后的那一个。(理想和现实肯定不一样啦。)

倘若对方变了心,男人会对变心的女友心生怨恨,女人却会迁怒使男友变心的那个女人。(这一点我在心理学的书上也看到过,同意。)

同样玩电脑游戏,女人玩不过男人。

男人更容易做和野生动物搏斗的噩梦。

女人能看懂对方的脸色。

单身男人的冰箱总是空空荡荡。

女人似乎总是在说话。

女人做决定的速度不及男人,但女人一旦决定了某件事,很难撤销或者重新考虑。

女人拥有奇怪的第六感。

男人知道要产生争论或出问题的时候会想躲开了事,女人更愿意打破砂锅追究到底。

这些当然只是"泛泛之谈",这些差异归根结底是由于思考问题方式的不同而产生。女性的头盖骨比男性的来得小,这已经是科学认定的事实,据说后来有大学通过磁气共鸣的方法对六十名男女做了调查,发现女人的脑子比男人的要多出许多沟和皱纹来,因此虽然从外观上看来要小些,但因为这些"沟和皱纹",女性脑的表面积和男性的相比毫不逊色。所以现在科学认定的结论是:男女差异产生主要在于左右脑的使用方法不同。另外荷尔蒙的分泌差异也会导致男女有别。

最后说一件发生在我身上的事:有一次,我在朋友公司传真一份资料，按了几次"开始"按钮，没反应，就问朋友："这机器怎么回事?"他跑过来一看，原来我按错了按钮，于是说，这么大的绿色按钮就在旁边！但我也很生气："一般传真按钮不都排在第一位，而且比别的要大一点吗？它做的和别的按钮不一样，还排在'复印'按钮后面！这机器太奇怪了，你怎么会买这样的机器?!"他看看我，一声不响地递过来一张登有我写的"男女有别"的报纸。

因为机器设置和我想的不一样，我就觉得机器怪;因为他就坐在这机器旁边，就觉得他也不好，女人真是很难就事论事啊。

18 ☆ 男女吵架，功夫不同门派

总结亲身经验，吵架时女人是感情派，男人是理论派，这就好比淑女太极剑遇上了少林烧火棍，完全是不同类别之战。在实际的武术比赛中，如果是不同类别之战，会制订出相关规则。比如中国功夫和泰拳的竞赛规则就指出：后脑、喉部和裆部为禁击部位等等。为什么要制订相应规则？因为格斗技法不同，一方的长处很可能对另一方造成不利。

但是男女之间，像这样的"通用规则"基本是不会事先拟订的，双方都只按照各自心里的准则"一较高低"。如果持理论派的男人经常获得胜利，女人就会觉得"说起来一套一套的，我只是说不过你而已"，自己的道理没有得以完全表达，很容易积存不满。反之，男人又会觉得"和她说什么都没用，有什么好多说的？"这样一来，"斗志"全无，注意力也许也会随之转移到其他女人身上。

上面说到的两种情况都属于"消极关系"，表面上看来，两人之间的争吵结束了，一派平和景象，但底下却是波涛汹涌，因为处于失败的那一方总希望能够反败为胜（一般自己不会意识到这种情绪），而这恰恰是变心、离婚等等内心骚动的发展前奏。

另外也有一些人，会想尽办法用对方的规则来和对方"作战"

（这种例子中尤以女性为主，原本感情派的女性突然变成了理论派）。本来自己擅长使剑，却硬是把剑改成棍。可惜就和训练方法不同一样，思维逻辑方式很难扭转过来。而且对方以自己的规则"身经百战"，就算知道一些套路，应变能力也不如对方，自然不会得到自己想要的结果。这样的情况一再出现，改变自己以适应对方的一方不久就会产生强烈的无力感——"我不知道你到底想要什么?!"这种无力感慢慢会带出另一种消极感受："我的存在对你没有任何意义。"长此以往，女性原本拥有的丰富情感也会渐渐趋于冷漠，形成冷战局面。

自己把自己的长处消灭，其实是非常可惜、非常不值得的。

在我看来，无论男女，"你就是你"，是比什么都重要的，解决问题的关键其实在于如何真正地表现出你自己。真正表现自己是达到有效沟通的办法。压抑自己、委曲求全地迁就对方，这种牺牲或者说忍耐，是没办法真正解决问题的。

所谓吵架，从心理学角度来看，其实是为了攻破彼此间因不同而产生的壁垒的积极途径。所以大可不必一味息事宁人，相反应该更多地接触彼此想法，这样即使擦出火药味，心里也不会产生怨恨并因此落下芥蒂。

不过，如果一方过度表现自己，也会出现大风劲吹，把对方赶跑的情况，所以究竟对对方使用多少"火药量"才能达到效果，才是值得用心的关键。

19 ☆ 通往不幸的道路由善意铺成

　　我的女朋友精挑细选了一个黄道吉日结婚,第二天发条短消息给我,说她觉得如何如何幸福云云,没想到三个月后,她告诉我,他们大吵了一架,她甚至产生了分居的念头。

　　据说结婚当晚,这对小夫妻互表决心,都想让对方过得更好更舒适,于是做销售的丈夫发誓要多挣钱,做妻子的也甜蜜地卷起袖子一边看菜谱一边进了厨房。这是一个不错的开端,只不过接下来的日子她丈夫果然集中精神投入工作,每天早出晚归,于是她开始有了抱怨,钱是要挣,但并不意味着一定要减少两人一起度过的时间啊!她向我诉苦,他们俩的婚后约会常常"擦肩而过",不是丈夫临时有更重要的饭局,就是她的老板留她加班。"我很寂寞,但是他看起来也很辛苦,你说,他干吗要那么拼命挣钱?!"

　　又是一个本末倒置的例子。

　　我告诉她,他们夫妻间交流得还很不够,此外男女思考问题方式的不同也是导致不愉快的主要原因。

　　对于相爱的男女(尤其是夫妻)来说,经常会萌生为了对方怎样怎样的念头。女性一般会选择做好家务(教育好孩子)的方式来使对方感到幸福,也就是说,幸福感的制造场所主要是在家里。一个人在家忙碌的时候,也许还会想想"这个周末安排些什么节目比较好"这类问题,就连想象本身都能带来充实的幸福感。只是这样一来,就会希望对方能增加一起待在家里的时间,以便享受自己创造出的舒适生活。

可是对于男人来说,使对方幸福的方式只有一种,那就是多挣钱。这就意味着要花更多的时间在工作上。有位男性朋友这样告诉我,刚开始他只想多存一些钱带女朋友去欧洲旅游一次,没想到开始想办法挣钱后工作就越来越多,回家的时间也越来越晚,就连周末也常常陪客户活动,大半年下来自己觉得很累,可是一想到是为了心爱的女朋友,仍旧加班加点……没想到圣诞前夕,女朋友提出分手,这才发现两人已经很久不沟通,结果大吵一架,双方都有一肚子的不满。

一般到了要吵架的地步,通常都是女性这边的不满积压到了无法忍耐的程度——"你说你要给我幸福的,为什么整天只是工作工作,我连个人影子也见不着,有什么幸福可言!"也有的女性认为丈夫永远工作第一,失望之余,态度也一天比一天冷淡。

可是男人也觉得很冤:"我这么辛苦是为了什么?为了你为了家拼命赚钱,你还用这样的态度对我?我还是找个温柔点的女人算了。"

我反问我的女朋友:当初他为什么打算多挣点钱?

我也提醒我的那位男性朋友:当初定下的欧洲游目标是否已经达到?既然早已达到,继续挣钱就不能说是纯粹为了对方。

交流是解决男女不和最重要的办法。如果能通过交流回忆起当初彼此希望达到的那个目标,问题就解决了一大半。有句名言:通过地狱的道路由善意铺成。尽管双方都在为对方着想,实际上却很有可能伤害到对方而不自知。

20 ☆ 你不说我怎么知道？

有一天我和男友逛街,在街头他巧遇一位女性朋友,长得十分漂亮。他们退到花坛边聊了起来,我借口去买份报纸走开了,但是从我站的书报摊旁还是能看到他俩脸上兴高采烈的表情。等我拿着报纸回来,他们很快道了再见,我和他继续并肩前行,但是一路上我都一言不发,于是他问我:

"怎么不说话了? 你不会不舒服吧?"

"没什么。"

他的表情有些焦急:"到底怎么了? 是不是头又疼了?"

我不耐烦:"我不是说了嘛,什么事也没有!"(心里气呼呼:我为什么不高兴你还不知道吗? 刚才那么高兴地跟别人说话……)

几个小时以后,我决定谈谈那件事。

"那时我虽然什么都没说,但心里很不高兴。"

"那时? 什么时候? 什么事?"

"那时你不是和那个漂亮女人说得很来劲嘛!"(居然还在装傻! 这种事情怎么能让他蒙混过去!)

"刚才? 哦,你说的是我们老板的女朋友? 我不觉得她很漂亮

069

啊！而且我们说的都是一些很鸡毛蒜皮的事，她问我们公司最近经营情况怎样，加班多不多什么的。"

这样的小插曲也许在读者们的生活中也出现过？

说起来也奇怪，明明露出一脸兴奋的表情，男人自己却往往意识不到。可对于女人来说，这种表情就意味着男人是在隐藏着什么，也许是一段从未"坦白"过的旧情？

女性很容易用感性的方式抓住一件事的细节。男人呢，事情是怎样的，他就只抓住那些事实本身，一般不太会在意自己或对方情绪上的变化。倘若把我们女人的"感情用事"强加给男人，也许就会出现许多令男人难以理解的事儿。

一般遇到上述的事例，对于女人来说，抓住的细节包括：什么时候、在哪里、和谁、干了些什么、感觉怎样。所以倘若男人担心激怒女友，就要学会理解自己的女朋友究竟是为了什么发火，发火意味着什么情绪。

而和女人相比，很多男人虽然感情同样丰沛，但却不擅长表现出来。女人如果只是想当然地等着对方和自己畅快地交流，也许会大失所望。因此在两人相处这件事上，女人要多承担起一件工作，就是有必要教男人学会如何表达。在"教学"过程中，女人也可以向男人学学使交流变得简单直接的办法。

男女有别之处难以穷尽，为什么要反复强调交流的重要性？就是因为不说出来对方就不会知道。在我告诉了他我感到不愉快后，他也告诉了我他们都聊了些什么，以及这位美丽女子的实际身份，这样一些不必要的误解和想象就不至于衍生开去。

不要害怕自己说出真实想法后会使对方不开心，既然有了怀疑的念头，说出来只会增加互相理解的可能性，减少不必要的争执。

PART **III**

☆知己知彼

21 ☆ 爱自己,才能让自己美丽

自爱与美貌没有必然联系。自爱与健康有关。健康的身体,健康的精神,健康的表情。

记住十一个"一",爱自己,才能让自己美丽。

++☆一个光溜溜的身体 ++

高超的化妆技术和漂亮衣服,帮助你在人前抬头。人后你该干什么? ——低头。看看镜子里那个真实的自己,肌肤是否光滑莹润? 有没有堆积压力和脂肪? 身上无用的东西一多,再怎样费心修饰,也是事倍功半。建议美容院附设女子公共浴室以增加竞争攀比之心。

和审视自己的身体一样,请检查一下你的家,抽屉里是否已经满得塞不进任何东西? 垃圾箱里的垃圾是否好几天都没倒了? 厨房里是否有好多碗没洗? 换下来的衣物是否已经积了一大堆只等周末到来?

舍弃无用东西,不把无用东西拿回家(包括男人)。无负担,自爱女孩第一步。

☆一片化妆棉 ++

手掌的皮肤有"透明层"，碰到水会很快吸收，如果用手拍打化妆水，效果将大打折扣。不明白这个道理的女人很少，但是仍然照错不误。常见理由是：早上赶着去上学上班，时间来不及。

用化妆棉沾化妆水的好处不仅在于肌肤能吸收得更充分，更在于轻拍的同时你有机会仔细观察自己的皮肤问题，反复轻拍也能增加皮肤的活力。时间就是金钱，自己疼爱肌肤的时间，比任何名牌化妆水都更昂贵。建议你安装大镜一枚，以端庄坐姿每日"啪嗒啪嗒"。

☆一瓶指甲油 ++

鲜艳的指甲颜色能让人记住你很久。

压力很大，失恋，单纯的无所事事，最适宜用涂涂抹抹打发时间，在这一过程中缓解情绪。从心理学角度说，选用的颜色越是鲜艳，越说明此人心绪凌乱。不过对女人来说，如果只是突发奇想，打算改变一下心情，显然，换一种指甲油的危险系数远小于改变发型。

鲜艳指甲之下，幸福与否，外人完全无法猜测。这其实也是一种伪装自己的办法。

☆一套臃肿的睡衣睡裤 ++

为什么睡前要换上一套臃肿的睡衣睡裤，而不是性感的睡裙，或者舒适的 T 恤短裤？

假设你形单影只，性感的睡裙只会让你更加顾影自怜，心也会开始不安分。T 恤短裤又过于运动，伸伸胳膊伸伸腿，没准就想练练健美操了。

真正的睡衣的概念,就是帮助入睡的衣服。质地优良舒适、外形不引人注目的睡衣,一穿上身就会十分奇异地散发出昏昏沉沉的睡眠气息——你不指望还有其他什么事发生,你的大脑就会逐渐安静下来。

尤其冬天,穿上这样一套柔柔的温暖的睡衣钻进被窝,会感觉自己十分幸福。单身女孩,需要自己哄自己入睡的夜晚,这样的睡衣是首选。

++☆一台电子秤 ++

南丹麦大学的一个科研小组最近研究发现,不管男人女人,体重严重超标,都会危及生育能力。怎样把体重减下来? 方法很简单:体重与称体重的次数成反比。

所以,你不仅要在家里安置一台电子秤,更要养成每天称体重的好习惯。一般什么时候会想到脱下鞋子往上站? 吃饱饭以后——啊,重了! 都是因为今天吃太多了——回避了已然增肥的事实。只有每天称一次,才能发现体重的细微变化,可以在刚刚增重时予以及时补救。

++☆一件白外套 ++

白外套很容易脏,吃碗面没准都会溅上几滴汤水,所以女孩一旦穿上白衣服,心里就会小心翼翼起来。穿白衣是很麻烦,但是同时,它也让你有了爱护自己衣服的心,也就有了爱护自己的念头。每次去酒吧,看见三十出头的女人夜深了仍然带着残妆,抽烟谈笑,与男人敷衍,我就觉得心痛,也有一点警醒。

另外,白色的外套很挑脸色,皮肤好,更显光彩;皮肤黯淡,雪上加霜。经常穿白衣的女孩,更温柔、更含蓄、更女性化,也更爱自己。

++☆一夜+一天 ++

工作日里抽出一个晚上,周末抽出一天——和男友每周见面的时间。这样安排恰如其分:有他,有朋友,有自己。

很爱很爱他,这没关系。只要,无论有他没他,自己的生活节奏不会打乱。

周末总是和男友一起过;即使已经分手,对方有所需要,召唤之下立即盛装赶赴——这样的女性朋友,不要也罢。

++☆一次"第三者"的经历 ++

这样的经历能帮助女孩——

1☆ 彻底对"爱"这个字脱敏

女孩很喜欢问身边人爱不爱这个问题,属于你的男人往往懒得回答,不属于你的男人很愿意给出正面回答,但是总会加些字,比如,"我是很爱你的。"潜台词是:"那也没用,我还是不能离婚。"听得多了,自然就明白,爱这个字,光说是没用的。

2☆ 学会独处

男人平时对家庭撒的谎再多,视妻子如空气,但到了周末,还是会回归家庭。这样对比之下,开始你肯定倍感凄伤(尤其年节),但慢慢接受现实,你会尝试自己安排这段时间。等到自己有能力独处,人也会冷静下来重新反省。

3☆ 时时提醒自己做一个出色的女孩,至少得比对方妻子更出色

和自己看不见的"敌人"做斗争,第三者这一方无疑是在和一

切想象中的优秀品质较量,这种培训十分有效。等到自己足够优秀,反而发现抢了半天的饽饽早就不香,这时离开也是心平气和。

后遗症:有过第三者经历的女孩在婚后会突然发现自己的多疑。且因有过实战经验,往往草木皆兵。

++ ☆一步接一步 ++

这一条因人而异。个人认为走路姿势挺胸自信的法国式女人很美,但是目前中国仍是日式时尚杂志的天下,还有日剧"为虎作伥",不断灌输拖泥带水的审美趣味——仔细观察她们的走路姿势——迈出的第二步往往是第一步的一半距离。久而久之,臀部便与她们热衷挽在肘上的大包袋一般下垂。

跨出一步,就是一步的距离,试试看,你会有轻盈之感。臀部扭动,步速加快,腰板伸直——把自己完全打开,迎接未来的自信油然而生。

++ ☆一辆车 ++

打一个很俗的比喻:人生是个圆,汽车就能决定它的半径长度。

汽车帮助人在很短时间内去到很远的地方。人在成长以后,有想法不难,难的是不放弃。如果自己想去的地方、想做的事,想到就能去做,久而久之,就会萌生向前的冲劲,进入一个不轻言放弃的良性循环。

一般而言,有车还是没车,两种女孩的节奏感完全不同。说起话来眉飞色舞,想象力特别丰富,年龄不小了还挺冲动,有激情,这样的女孩往往自己有车。

不过，车的隐秘性很好，发生婚外情的可能性也就成倍增长。很难想象一对不伦恋人乘着公共汽车一路咣当咣当招摇过市吧？所以，也要当心哦！

++☆一年总结十条新闻 ++

新的一年开始，回看过去，总结出发生在自己身上的十大"新闻"。再为新的一年设定新的目标，最好连预计实现的期限也一起写上。这样一倒推，每天需要做些什么一目了然。

写之前，先去逛逛文具店，买一本自己最喜欢的高级记事本。高级记事本和高级笔一样，比正确的唇彩颜色更能让你自我感觉良好，尤其在与客户见面时，还能为你赢得更多专业层面上的尊重。

依我个人的经验，用来安排每日计划的记事本越贵越好，譬如"无印良品"。因为贵，就会不舍得在上面胡乱写字。慎重之下，反而更会跃跃欲试。又因为写在自己心爱本子上的缘故，每天都能看到，计划的可行性也会高一些？

22 ☆ 做有原则的自己

二十二岁时陷入过一场恋爱，可说是倾我所有，当然，对方无法同等回报，一年后更是扔下钥匙一走了之。因为没有机会听他说出明确原因，我一直耿耿于怀，甚至写下两部长篇帮助分析探究。今天我终于想通，我失去他，是因为我已先一步，失去自己。

我们都知道，物体无法独立存在于这个世界，需要参照物界定自身。失去自己，意味着无法判断自己和对方之间的心理距离，无法得知对方是否与你燃起同样恋爱体温。所以，越是倾囊而出努力去爱，就越难明白对方到底在想什么。

你是不是像我一样，一爱就有覆顶危险？你是否也有下列特征？

1. 他喜欢命令你，"来，跟着我"，而你迷恋这样的强硬，认为这样的男人方可依赖。

2. 约会事大，因此哪怕老板吹胡子瞪眼，也会一溜了之绝不加班。

3. 朋友聚会，就算自己还有其他事要干，还是会奉陪到底，不到曲终人散绝不提前离开。

4. 从不相信男女之间会有真正意义上的友情。

5. 不管对谁都很难做到直言不讳。一考虑到对方也许会因此自尊心受伤,心里话总会拐弯抹角,以婉转的方式说出来。

6. 深更半夜边哭边打电话骚扰死党,硬要她听自己一箩筐的恋爱烦恼。

7. 一看到收件箱里有心上人的 E-mail,那个高兴啊,赶快回信。要是对方没了回音,隔一阵子就会刷新一次,并且随着时间推移,越来越不安。

8. 只要对方是自己喜欢的人,为他做什么都心甘情愿。

9. 不允许男朋友跟其他女性开开心心说话。

10. 男朋友一换,发型啊着装风格啊紧跟着就换。

11. 一想到自己的年龄噌噌噌往上蹿,有嫁不出去的危险,危机感顿时袭上心头,寝食难安。

12. 就因为一时冲动,收养了本来没打算要的可怜小动物。

13. 生日、圣诞、情人节……总之一到这种节日关头,心里就开始忽上忽下。没男友时暗自神伤,有男友了又担心那天会不会闹出什么不愉快。

14. 男朋友突然约自己出去,喜滋滋就去了(简直可以说是"随叫随到")。

15. 很愿意别人来麻烦你,结果就是总在为别人解决问题。

16. 一旦有了意中人,就别想再集中精力专心工作了。

17. 至今为止,有过至少一次被对方 PK 掉的经历,被 PK 的理由不外乎以下几条,什么"和你在一起我好累啊"、"你太好了是我配不上你"等等。

......

好了,自己当初犯过的错误,能想起来的,都一一罗列出来了,如果你居然符合其中十几种,就证明你和我一样,属于一恋爱就会把对方放在自己生活最最中心的那一类。

这一类人看起来总是精力旺盛,不喜欢一个人生活(哪怕实际独立生活能力并不差),总希望做什么事身边都有个伴儿,去按摩去做脸也想拉上自己的好朋友"同去同去"。也就是说,**这样的人一旦恋爱,就会失去独处的能力**。同时又因为内心母性泛滥,特别喜欢照顾别人,认为把对方伺候好了是件很有成就感的事。不过,越是一心扑在恋人身上,就越容易受到伤害。人都有惰性与惯性,习惯了你的好,他自然熟视无睹。

现在想来,要是当初在热恋那会儿,能听进好朋友的劝告就好了,虽然当时我觉得她说得很刺耳(她说他"很自卑,是土黄色,飞不起来的颜色"),朋友的劝告对帮助自己站在局外人角度重新观察很有帮助。

另外,我觉得不管是在恋爱期还是分手后,有几个能交流的异性朋友很重要。男人的观点有时会让你耳目一新,重新考虑你自以为是的幸福。

要是你符合的情况大于五条小于十条,表明你有颗很会察言观色随机应变的玲珑心。你能迅速判断空气中出现的某种微妙变化并立刻做出反应,你很容易知道对方喜好并擅长投其所好。但所谓"成也萧何败也萧何",正由于此,**你一旦恋爱就会左右摇摆举棋不定,最终很可能失去更适合你的那一位!**因为你实在太敏感了,别人对你的感情变化你尽收眼底,也许你也喜欢对方,但可能顾忌周围其他人,你会摆出矜持姿态不予回应。也有可能因为敏感,同时注意到多条示爱信息,结果顾此失彼,错看错爱。

我的建议是,试试参加一些集体活动,给自己添几个兴趣爱好,比如上个瑜珈班什么的,扩大自己的视野。女孩在成长中需要找到自己真正喜欢做的事,埋头其中可以使你不再东张西望在意他人目光,当你无视他人时,你的身上就会绽放出自信光芒,自然引得他人关注。而且因为有事情分散你的注意力,你会慢慢变得积极主动,可以大声说出自己的主张。

如果你的选项大于等于零小于等于五,恭喜你,**就算恋爱会让你失去一些什么,那也只是暂时的**。那时你初初坠入情网,头脑不算理性清醒。据我的观察分析,越是这样坚定自我的女孩,男人们越是愿意为之跑前跑后(没办法,人都有"贱兔"一面)。她们不怕失去男人,知道"野草烧不尽,春风吹又生",就这么大女人下去好啦。不过,小小提醒,不妨偶尔也满足一下男人的虚荣心,依赖他们给你拧个汽水瓶盖修个抽水马桶吧,像撒胡椒面一样撒撒娇调调味,他们会"变本加厉"地爱你。

其实男人和女人的争战原理就那么几条,但是知易行难,因此才要常常提醒。这就和"谁先心动,满盘皆输"的道理一样,谁失去了自己,谁就失去了爱情。我当年的失败经验虽然只持续了一年,但事后回想,那时的自己过得太累了,因为害怕失去对方,总活在揣摩对方心思的紧张中,变得易怒、对朋友暴躁。果真到了失去的那一天,一颗悬着的心反倒放下了,死刑爽快,好过无期徒刑的折磨。

如今的我,有时甚至还有点想不通,当年怎么会为了一个原本就是陌生人的家伙,失去自我? 当然,人这一辈子,那样飞蛾扑火地爱一次是必须的,回忆起来,也是幸福的。但若总是爱上同一类无法给你幸福的男人,因为某种雷同的原因而失去对方,那就有问题。不要怨艾某一个具体对象,也不要归结于外界压力什么的,请先冷静地审视自己,清楚自己想要的到底是什么。

几天前,我的 MSN 名字换成了法国作家莫里亚克的一句话,"我期待,至少,在我将你遗弃的人行道上,你不是孑然一身。"

请记住:**你越有原则,你的恋爱技巧也就越高明。**

23 ☆ 强势女人的恋爱死穴

最近因为采访缘故,认识了一批事业有成的强势女人,个个都是单身,都说女人只要独立肯干,完全不需要另一半。但采访更深入一些,发现她们还是有儿女情长,只是并不擅长去爱。有一位就说,遇到过比较投机的对象,但不久就没了下文,又因为忙于工作,所以拖到今天,还是没能结成婚。这些强势女人有几个共同点:

三十岁以上;

很喜欢工作(越忙越觉得自己活得有价值);

不缺钱(一望可知是成功人士);

外表老练(谁都不会误认为是小女生);

同性异性朋友一大把(和异性总能谈得很起劲,但谁都不会更进一步,就算那些异性主动联络,几乎都是为了公事);

女友渐渐都进了围城,每次去喝喜酒,心里就会有点不自在!

听老闺蜜们聊起男朋友、婚姻、孩子,也会有点刺耳;

最新一批闺蜜年龄都比自己小,要不就是离了婚暂时保持单身。

其实这样的强势女人不是不可爱的,生活里也不是没有过爱情的苗子,苗子是怎么早夭的呢？观察一下她们的生活就可以发现:忙,实在忙! 昨天晚上刚认识的,印象还不错,今天上班一忙就全忘了(每天给对方打上一个电话,可能都会有很大进展);总算想到给对方打电话了,方式或者语气又太公事公办(有位强势女人每次给对方致电时间基本固定),说的话太硬邦邦(约见面的理由太冠冕堂皇,让对方很难听出弦外之音来);见面聊上了,又忍不住揪起错来。平时训部下训惯了,对方话里有什么小漏洞、前后矛盾的地方,立刻指出(要那么完美干什么呢？性格随和一点嘛)。这点我自己深有体会,我很喜欢和男友辩论,刚开始时特别喜欢用"不"开头予以条条反驳。他说一听到"不",就不想再往下讲了。后来我注意到他的不快,改变说话方式"嗯,有道理,不过……"先肯定对方,再予以否定,虽然本质还是否定,但却不会让人反感。

看起来总是气呼呼的,肯定也不会让旁人看着舒心。我有一位女友就是这样,每次和她见面,总听到她在抱怨,小到服务员不懂尊重人,大到山西童工被虐案。她自认有很强的正义感,但作为她的朋友,我却觉得一和她在一起,天总是阴阴的。人还是渴望美好的,有白天就有黑夜,这也是无可避免的,但黑夜给了我们一双眼睛,是要用来寻找光明的。为此我建议她准备一张 A4 纸,把她能想到的开心事儿都写下来,心情一差想发牢骚时就拿出来看看。

至于外表是否够女人味,我想这是见仁见智的事,约会前在家试着用异性的眼光看看镜中的自己,是否太多赘肉？ 是否够性感？ 是否该去去健身房了？ 另外,比衣着女性化更重要的是语调。忍不住再强调一遍:大声差遣服务员,和他们生气,只能降低你的魅力指数。

不过也有强势女人跟我抗议,说是江山易改,本性难移。其实最简单的做法就是,在开始第一次正式约会时开诚布公,告诉他你的弱点:你不擅长谈恋爱;你不太懂得表达爱;但你对爱情的态度很诚恳,不会骗他。

24 ☆ 他能接受的强势

女人一般都比较喜欢强势的男人，其实男人有时候也会为女人的强势动心。不过有个男性朋友跟我说，每个月他都要被自己女朋友的强势给噎上好几回。他这么一说，促使我用心观察起来，发现男人能接受的女朋友的"强势"都需要裹上爱情的小甜外套（比如吃醋时扇对方一耳光）；或者是一贯严厉尖锐，但有时特别有人情味儿，这种强女在职场范围内特别有魅力，于是严厉也就显得特别鼓舞人心，尤其能煽动刚出道不久的小男生（这也许就是姐弟恋风行的缘故）。

MSN上一些男性朋友告诉我，他们可以接受自己女朋友强势，但乐趣是从强势中发现她对自己的爱。他们还说，男人是没法接受自己女朋友的男式强势的。

那么，男人能接受的女式强势有哪些呢？

☆ 晚上两人睡得再晚，第二天她照样早早起来梳洗打扮，要是还能为对方做早饭，那就实在太强势啦

我有一对法国朋友，女的做药物销售，男的是画家。那女孩无论前一天晚上陪男朋友玩到多晚（有一次我们一起喝酒到凌晨三点），第二天一定准时六点半起床（据说是一听闹铃响，就干脆利落

爬起来那种),淋浴、化妆、做发型,还做简单的早饭吃。她男朋友对这一点钦佩万分。

男人因为不用化妆不用费心搭配衣服,更喜欢挨到最后一刻才起床,虽然理智上明白女人出门前有许多工作要做,但在床上听对方折腾,他们还是会很诧异。不过对这种"强势",男人很少会真的抱怨。

☆ 严厉加温馨,余音绕梁

男人更希望这种强势发生在办公场合,而不是在自己家里。似乎对自己有那么点暧昧,但还能冷静地指挥自己做这做那,很有自控力;总是游刃有余,讲话很有条理,命令完了再送上一个女性微笑,或者在一堆严厉的指示结束之后来上一句特别温馨的鼓励,打一巴掌不忘给个枣,这是很多男人向往的女上司形象。不过很可惜,常见的还是板着脸的男上司。

男人讨厌的女人强势又有哪些呢?

☆ 喜欢拿大伙来压人

有男性朋友告诉我,他最讨厌女朋友动不动就说:"谁谁谁也这么认为。"他说她谈什么事都喜欢卷进一堆人:"她总是用这个来证明别人都跟她意见相同,想用人数来说服我。"这反而激起了男人的逆反心理,结果自然是不欢而散。

☆ 明明还有感情,照样能爽快分手

我有个女朋友,好几次恋爱,总是因为一些小摩擦,自己主动提出分手。她很喜欢《东京爱情故事》里的莉香,认为分手就该爽快,不纠缠,不拖泥带水,其实她自己心里根本没有放下,但态度总是很坚决。她的某任前男友恰好是我同学,言及她这种"强势"的自控力就直摇头,他说如果当时她分手时说一句,我还是很喜欢你的,他一定会把她再追回来。

我觉得心高气傲的女人很容易犯这一错误,这也是为什么肥皂剧里的男人们总是会回到弱者身边的缘故。这很让女人们扼腕,但这确实是男人们更愿意的选择。

25 ☆ 他请我吃饭,是不是说明对我有意思?

一位女朋友写邮件咨询我。她在信里写道:

"我暗恋好久的一位男同事今天在 MSN 上问我,周末是否有空,愿不愿意和他一起出去吃饭(他建议我们去一家新开不久据说很不错的西餐厅)?本来就是同事,上班五天,哪天不可以?偏偏约在周末,而且是好有浪漫情调的西餐厅,我想不会是单纯吃饭吧,这是不是说明他对我也有意思?可是,我最不擅长用刀叉了,难道第一次单独约会就让他看着我出丑?我今年已经二十六岁了,好想结婚,他又是我喜欢的类型,到底那天我该怎么做,恶补西餐礼仪? ……"

我是这样替她分析的:去西餐厅吃饭,开销不会很小,既然他是她的同事(不是老板),应该不属于达到一定程度的富人之列。男人富到一定程度,请女孩吃饭倒未必有什么深意,但一般都会是商业应酬场合,需要几个年轻漂亮女孩点缀其中活跃气氛(一种奇怪的商业礼仪),很少会单独请女孩进餐(尤其是晚餐)。所以在我看来,除非他有要事有求于她,非得单独、私下不可,一般而言,确实可以认为他对她心存某种"意思"。

但这"意思"还得仔细辨析,对男人来说,对一个女人有意思,一种是只想和她上床,另一种是想和她有长久、稳定的将来。尽管后一种"意思"里也隐含了对肌肤之亲的模糊期望,但至少刚开始,他是想和她好好谈谈恋爱,而不是"一夜情"的。

这两种"意思"其实很好辨别。

男人如果只想找个床伴,他不会跟你说"喜欢",也不会说"我想和你在一起",他直接就会把手搭在你肩膀上轻轻地来回抚摸,或者不时牵牵你的手,要不就变着法子激你喝酒,最好你能喝得晕晕乎乎的。最老套的手段就是知道你一个人住后,打车送你回家,然后跟你说要借用一下洗手间。如果你看出他本意又不想以身相许,最好找个理由,在离家还有一小段距离的地方就提出下车。

如果他希望你做他的女朋友,约会时他会十分在意你,比方你说:"啊,这菜真好吃。"那么简单的一句话,他会喜不自禁,会说:"啊,我知道还有家餐厅……";分手之前也许会约好下次见面;刚分开他就给你发来表达心情的短信等。总之,他在向你表白之前,不会牵你的手。

然后我假设,我女朋友的那位男同事,并不是那种花心的危险男人。

不过是一顿饭,又不是挑明了相亲,我建议她大可以真心享受美食。至于她在信中提到的"担心自己进餐的姿态",我觉得每个女人都会有所顾忌吧,比如我和自己心仪的男人用餐,哪怕已经很熟悉,一般也不会点金针菇这种容易嵌牙缝的菜。如果真的不习惯被对方看着手忙脚乱地锯牛排,我觉得女人完全可以试着建议男人改改主意,比如提出你所知道的某家咖啡馆很有特色等等。喝咖啡或者喝茶,都不会让人产生紧张感,女人也大可不必担心自己的餐桌礼仪。而且因为是自己提出的建议,主导权就掌握在了自己手上，大可选择一家常去的咖啡馆，置身在自己熟悉的环境中，相信会很放松。放松的女性才会慢慢流露出自信和优雅来。

在约会的时候，还可以明确地表达出快乐心情，亚洲男人是很有责任感的，女人因他而快乐，他会觉得自己表现不错，很有成就感。

其实我觉得，对女人来说，真正该上心的是第一次约会结束后男人的反应，以及自己相应的回应（他也正等着看呢），这个阶段的交流才是更重要的，它直接决定了两人还会不会有第二次约会。

可以写封邮件表达你由衷的喜悦，要尽量具体、充满真情实感，比如是他的什么细节让你留下了怎样深刻的印象等等。想想看吧，那男人的那颗心，将忙着研究你的语气、用词，猜测你是在跟他客气还是真心喜欢和他在一起。

假如你实在觉得自己笔拙，也可以主动打电话告诉他，发短信也是个不错的方法。要尽快做这些事，最好他还在寂寞的回家路上就能收到你温暖的心意。一般来说，一个成熟男人，如果不能从你的字里行间或是言语眼神之间接收到明确的想继续交往下去的信号，就会把你从自己的寻找名单中毫不犹豫地剔除出去。除非是天性喜欢暧昧的双鱼座男人，大部分男人不愿意浪费时间揣摩对方的心思。

但是"示爱"的程度一定要掌握好，假如过于热情，对方会觉得你急不可待，这就自贬了身价。如果只是十七八岁的小女生，什么都可以放在脸上，哪怕在路上大声喊"我爱你"都没关系，可要是二十六岁，已经不算小了，再表现得对对方很上心，没准他就只把她当作"备胎"了。谁愿意任人招之即来，挥之即去？所以哪怕这个机会来之不易，我想女孩也不能表现得太过明显太过主动吧。当然，如果是自己喜欢的人发出的约会信号，一点不紧张、不在乎也是不可能的。但也可以换位思考一下，没准他也很紧张呢。不过，冷静过头也不好,如果男人认为他约会的女人对他其实没什么意思,他会一下子变得非常客气,以表明两人仅仅是同事(普通朋友)关系。

如果一周之内对方没有明确邀约,你可以主动出击,请他出去吃饭或是去郊区短途旅行,记得一定要叫上自己的要好同事,总之要貌似集体活动。对一个还在摇摆的男人来说,集体活动是种约束,尤其当着需要在初期阶段保守秘密的同事们的面,他会因欲亲近你而不得,受刺激而产生出独占欲来。如果他对你原本也有意思,第三次约会,他就会邀请你单独见面了。但第二次约会结束后,你必须有耐心等他来约你,如果他没主动跟你联系,你务必保持沉默,并做好失去他的准备。这是基本底线,否则即使你死缠烂打,结局恐怕也好不到哪里去,还白白扔掉了自己的尊严和矜持。

文章写完,照例给我几位男性朋友看看,听听男人们的看法。没想到,他们的反应很强烈,有一位叫隶鱼的,自己也是专栏作家,他看后居然说:"自己喜欢的男人请吃饭,难道还有比这更加令人开心的事情吗? 除了马上答应,还有什么其他可以做的? 如果他是借吃饭,要找她 ONS(一夜情),那和自己爱的人有一次 ONS 也是不错的回忆啊,精神肉体都有得回忆了。不过只是回忆啊,这个不代表什么,这个晚上就和吃饭一样普通,不代表任何东西,更加不代表他们的爱情开始了……"

显然,这是一个男权社会。为什么女孩需要去学习认识男人? 我们要做的,不是去设计一份幸福的感情生活,我们只想更多知己知彼,尽我们所能达到两性和谐。

26 ☆ 性是不是爱情的证据？

　　不止一个女朋友问过我同样的问题：他总是想和我做爱，是不是说明他很爱我？我这些女朋友可都是在爱情上身经数战，积累了不少恋爱经验的，算是熟女了，居然问出这样幼稚的问题来，真是让我吃惊。不过再深入了解一下，发现她们无一例外，都是"真的很喜欢他"，看来女人一旦真的动情，情商就会倒退回初恋阶段。

　　如果女人只是以性来衡量男人对自己的爱情深浅，可是很危险的！性以外的生活细节，一定也要仔细观察。因为男人真的可以和你做爱，哪怕他并不爱你。所以我们要弄清的是，性对男人来说，到底意味着什么？

　　为此，我准备了身为女人最想知道的几个问题，在 MSN 上问了不下十位熟龄男士，问题是：

　　"你想做爱的时候，对她是不是有爱？"

　　"你提出想和她做爱，如果她不拒绝你，你会不会因此更爱她？"

　　"你和她一直保持身体关系，你觉得自己是不是就属于她了？"

　　"你第一次拥抱她的时候，是不是表明你想和她谈恋爱了？"

下面就来看看他们内心的真实声音吧。

基本所有男人都回答我：

"如果已经开始恋爱了，对男人来说，和她上床会使爱情加温"；

"本来就是自己喜欢的人，做过爱会更喜欢她的，上班时会想起她的身体，一心想早点见到她"；

"性能表达言语不能表达的感情，所以发生过关系后，两人之间的纽带会系得更紧"；

"女人上床时的样子和平常会有很大不同，会一直想着她床上的样子。"……

也就是说，不管是传统型负责任的男人，还是速战速决的花心派，都认为和自己的爱人做爱，于爱情有益。有一位男士告诉我，他的女朋友目前有心离开他，为此他几乎每天都与她做爱，做得还很卖力，"希望能靠性留住她，使出浑身解数，尽量让她每次都能到高潮，这样一来她可能会回心转意吧"。

但如果对方是自己前女友，或虽然还没分手但已没有爱情了，大部分男人回答："有机会还是会与她做爱的，只要她有需要，一般不会拒绝。"只有一位男士声称"打死他也不会"，细问之下，原来他和前女友分手本就很"艰难惨痛"，对方曾以自杀要挟过他。看来，只要是和平分手的，如有做爱机会，男人一般不愿错过。至于结果嘛，少数几个表示会"重燃爱火"，前提条件是往昔相爱时，床上配合就很默契，而和如今女伴恰恰在这点上并不尽如人意，但是同时他们也补充，最大可能是保持一段时间床伴关系，极少可能重新回头谈恋爱，因为"当时既然分了手，就说明两人之间有无法解决的问题"；其他男士则回答，不会因此改变目前的感情生活。

一个男人告诉我："我想和一个女孩儿上床，就会跟她说，我想抱抱你。"看来拥抱只是一个程序。当然也有女人本身就是抱着玩玩而已的心态,对这类女人我倒是一点都不担心。我担心的是那些会在被对方"深情一抱"后动了真情的女人,因为对方只是游戏心态,结果很可能是以自己受伤告终。而且越是清楚对方对自己只有性要求的女人,越容易在人走床凉时被孤独包围。

还有一个男人告诉我,但凡和女伴直接提出去宾馆开房间的,基本上都没有真心要谈恋爱的意思,因为"连家门都不让进,说明是很提防对方的,根本没打算长期下去"。我把他的观点复制给其他男人看,基本都同意,有一位补充说:"哪怕一开始对她确实有心,看她那么容易到手,感情也会迅速冷却的。谁愿意自己的妻子是随随便便的人?"

不过几乎所有男人都同意这么一个观点:"要是很讨厌她,或者很不喜欢她的身材或是她身上有什么异味是自己无法接受的,不可能和她做成爱。"也就是说,想和你做爱,只能证明他不讨厌你,但不能证明他是不是倾心于你。而最容易"莫名其妙"发生的性关系,应该算是朋友之间,"本来就有蛮深的友情,很有可能一个机会就在一起了,是很容易突破的。"

有意思的是,问到最后,几乎所有男人都同意:和爱人之间的性很重要,理由是,即使情感上很爱对方,但如两人性生活不和谐,感情也会渐渐低落。而且,男人们很喜欢立刻下结论,也就是说,如果第一、二次不和谐,最多不超过三次,他们就会意兴阑珊了。

"女人和女人之间到底有什么不同? 仅仅三次就下判断,是不是太早了点,有可能是因为两个人都很紧张吧?"

他们的回答也很有意思:

"和某个女人第一次做爱,当然都会有点紧张。但紧张归紧张,舒服的时候还是舒服的,如果舒服不起来,肯定就有问题。你一定要问'哪里不同',很难用言语表述,过程上有时间差吧,比如跟某某可以很快兴奋很顺利进入,换一个人可能要等很久,还有皮肤触感,也有合不合这一说吧。第一次不顺利还没什么,连着第二、三次都不和谐,心里就知道要放弃了。除非对方条件实在很好,自己又很想结婚,还会拖段时间再试试看,但一般即使拖个一年,还是会分手。"

不知道各位女性朋友是否满意上述答案呢? 这就是对男人来说的"性"。可以得出的结论就是:

男人想深入发展两人爱情时确实会认为性是有效的催化剂;

如果他不讨厌你,你又自动投怀送抱,他也不用承担什么后果,很少男人会坚持拒绝;

他把身体给你,不等于把心给你,他随时可以把插进你的世界的那只脚拔走,转身离开;

现在的男人都很容易放弃,缺乏培养爱情("性"情)必要的耐心和忍耐力,一般"三次"就会判断你是否合适做他的女伴。

当然我相信,肯定也有不少男人"不是自己喜欢的人,绝对不会碰她一根手指头",但一定要把身体关系与男人的爱情程度之间建立起等比关系来,恐怕受伤害的,只有女人自己吧。男人和女人身体构造本来就不同,对此当然也不能过多苛求。

所以,如果身为女性,并不想明确一段关系,而只是想享受身体的快乐,那么只要做好对方脚踩几只船的心理准备和安全防范措施,也是不会受伤的(这样的女性人群目前都市中并不少见)。最忌讳就是自从交出身体,就对对方抱有超出实际的幻想,以为他会就此确定两人关系。就连在淳朴的农村,始乱终弃的案例都不在少数,都市女性应该不会再有类似妄想了吧。男人,靠身体是拴不住的(相比之下,还是胃靠得住一些),这应该是永恒的真理。

27

☆ 成功熟男很难搞定?

我这里对成功熟男的定义除了物质那一层面之外,还有一个必要条件,即他的内心和身体都是自由的。他可以有过婚史,但目前必须是单身。

所谓熟男,年纪一般都在四十岁左右甚至更大些,也就是说,会比女伴大上至少一轮(十二岁);他能把工作时间和业余生活完全分开,他富裕的物质条件,对很多女性来说,都等同于魅力;但这样的男人大都见惯世面,想轻易拖他共坠情网,说是难于上青天也毫不为过;别看他自己开了公司或者坐着高层管理的位置,他能自由支配的时间要比每天上下班打卡的白领族多出一番来,但他的大脑可以说自打早晨睁眼开始就没闲下来过。而且他越是成功,生意做得越大,越不懂得休息。即使身体休息了,那根"工作神经"也是停不下来的,它被一堆诸如阶段性、责任、推进计划、数字、年终报表、创造力的关键词控制得不亦乐乎呢。对这些成功熟男而言,自己的魅力全由工作表现代言。也许有时那些学文科出身的还会感慨一句,自己也就是个商人啊。但到了那样一个年纪那样一个身份地位,工作对他来说更像是一种征战,扩大并购对象有着无穷乐趣,不到万不得已,他才不愿从工作中抽身而出呢。做他的另一半，务必学会自找乐子甘于寂寞，否则，劝你还是柴米夫妻，天天可以平起平坐看电视斗嘴。

不过物极必反，这样的熟男反而十分重视周末和节假日。我认识一位 IT 新贵，每逢周末不是包船出海，就是自驾车远游，最不济也要邀上三五朋友到郊外别墅喝茶聊天，他告诉我，不那样就好像回复不了真实的自己似的。他那些朋友也基本如此，可以说一到周末，他们反而比一般上班族更远离日常工作及社会身份。

当然，和这样的男人恋爱，也得做好一定的心理准备。

他们和三十五岁前的男人完全不一样，他们很少会哄人，说些什么甜蜜的话让你高兴，就是说，他们不会求着捧着一段感情。我有位做记者的女友有天去采访一位地产精英，两人不久就确定了恋爱关系，但女友自此开始了痛苦的两年。她告诉我，他与她之前经历过的年轻男性完全不同，恋爱对他来说只是件锦上添花的事，万万不会为此天崩地裂，好像没她就活不下去似的。也因此，两人关系也有点若有若无，而且万事以工作为重，有天因为他连着几次借会议缘故请秘书取消约会，她忍无可忍打了他的"紧急"手机，不巧他确实正在开会，他出去接了手机，她忍不住在电话那头哭起来，又一叠声抱怨，结果被他扔了电话。她告诉我，那男人大发雷霆，对她吼："我妈才能打这个电话!"结局自然以分手告终。看来，和这样的男人相处，你得遵守许多加密条款，随着关系的深入，权限才会逐步对你放开。

自然也有例外，熟男们告诉我，如果只是玩玩而已，他们也会随便说些好听的。不过这其中有相当一部分熟男，往往搞不清"玩玩"和"真心"之间的界限，很多时候是在他们自己不知不觉的情况下，慢慢陷入情网的。

所以，针对这一类型的男人，在培养多年的知识教养、自己志向、社会经历、恋爱经历之上，你与其扮演一个成熟性感的形象，还不如以一副看似洗尽铅华随意散漫的面孔攻其一个措手不及。不过，随意可不等同于不拘小节，比如，你的言谈举止可不能让对方感到心烦气躁。有熟男说，如果一个女孩打手机高声大气，讲完"啪"一扔（尤其是那些翻盖手机），他对她的印象立减三分；也有熟男说，他们不喜欢"跟自己还不怎么熟"的女朋友张口问他工作上的事，于是我问他们交往了多久，他告诉我是半年（早就有了肌肤之亲）。可能对女性来说，半年已算时日不短，所以最好的办法还是等他自己亲口跟你提起。尤其这一点，我觉得和三十来岁的年轻男性很不同，在我的经验里，男人越是年轻，越是看重女伴对自己工作的关注度，你要是不问，他可能还会因此失望呢。

　　而对熟男们十分有效的交流方式则是直截了当、干脆利落。要给他们一种感觉，和你联系、邀约都很省心，去就去，没空就是没空（简单陈述一下理由），交代完事儿"嘣"就能挂上电话。总之，对这些整天活在规则、活在戴面具的商业礼仪世界里的他们而言，你越是迥然不同，越像一阵清新的风，吹得他们头脑清爽，自然心仪有加。

　　其实成功熟男的人际关系网络并不复杂，他们认识美女的最大可能几乎都是在工作场合。平常见到的女子个个面带微笑，说话轻声细语，"都像一个模子里刻出来的"，对他们来说，其实是缺乏世俗趣味的。有位广告界成功熟男，认识大小主持人无数，娇声嗲语可说是天天耳闻，他对她们也是逢场作戏，大不了封一个十万元红包，即可甩手走人。有天他开车路经繁华地段，因为红灯关系暂时停车，突然看见一个年轻女孩字正腔圆一口普通话怒斥一个借行乞为名偷窃手机的小孩，他忍不住来了兴趣，下车观战，这才发现，女孩是在替人出头，因为眼见一起偷窃事件发生而高声阻止。他告诉我那女孩那时满脸痘痘，加上涨红了脸，其实好看不到哪里去，但落在他眼中，端的是青春勃发。现在他们已经结了婚，那位熟男每次谈起他太太就眉开眼笑,说是和她在一起很快乐,没事就想跟她待在一块儿。

总结下来就是:就算你存心诱惑,也得百分百带上你自己的个性才成;语音语调也很重要(能让人联想到表情的就很不错);另外某种思想的古典性也很受欢迎,他们见惯性感妩媚的女孩子,倒是古典配合天真烂漫的大胆,对那些熟男来说,是超出他们认知范围的女性形象,能一下解除他们防范的盔甲,自然会对你多加注意。

有位女友不久前嫁给一位掌握实权的政府官员,她告诉我,围在他身边的有的是礼仪端庄的女孩,不少都比她亮丽动人。她脱颖而出的诀窍就是:但凡他夜晚约她,她基本拒绝。"跟他出去玩,一定选在阳光灿烂的大白天;穿着尽量休闲。"也算天时不错,他注意到她时正好是春天,连着几个周末,他们都约在中午见面,有时也去户外运动一番,打打高尔夫、网球,可以说,正是大好日光成就了她钓金龟婿的梦想。

不过就她这个例子,我倒是想到了另一个注意事项:那就是在熟男面前,用身体做武器,还不如动动嘴告诉他你爱他来得更有效呢。在他明确征求你意见"做我女朋友吧"之前,不要轻易和他上床。除非他已暗恋你日久,而你那天正好有个醉酒的好借口;除非你是没动过手术、货真价实的处女,或许他还会珍惜一段时间。

28 ☆ 冷漠的三十岁单身男

对男人来说，一般一生都会经历三个恋爱阶段。

首先是十几岁时的热身期，有点慌张，同时开始计算自己的潜力，但到底会有哪些故事可能发生，不清楚；

二十来岁，失去自知之明，但凡自己喜欢的，不管天高地厚，追了再说。再晚熟的家伙都知道什么是游戏爱情的甜头。其实这一阶段是男人在试探自己的最大可能性。二十五岁之后，大部分男人的工作压力开始增大，不得不全力以赴，这时候再选恋爱对象，一般都选不用自己哄，反过来还能体贴自己的。

就这么两个人一起进入三十岁大关，这时候的男人往往清楚了自己的价值观，想结婚的也就罢了，不想结或者不想要孩子的，和女友之间的摩擦就会增大。按照《复活》里的说法，就是"已经过了青春少年、不再痴心钟情的男子，遇到结婚的事，总是左顾右盼，踌躇不决。"恰恰相反的是，很多女人都是跨入三十岁后才有了强烈结婚念头的。电影《相信男人》里，谈了七年恋爱、仍然彼此相爱的一对就因为很小的一件琐事分了手。此一时的分手可不同学生时代，受此打击，男人对自己的下一次恋爱就会失去积极性，变得懒洋洋、磨磨蹭蹭，不太愿意表白自己不说，没准还和前情人藕断丝连,更有甚者,索性混迹于酒吧,游戏爱情。这类男人表面单身、自由,实际对爱情的热情度不高。

还有一种三十岁单身男,已经养成一心扑入工作的"好"习惯,只知挣钱,浑然忘了还有爱情这回事。我有一女友,就碰到了这样一位青年才俊,两人一见,她自我感觉是彼此钟情。对方很保守,只是周日时跟她煲了快一个小时的电话粥。她觉得对方应该很快约会她了,没想到此后再无下文(我估计那人周一——上班,上午可能还有点印象,下午就把她的脸从记忆库里清空了)。我女友不甘心,等了几天后主动联系对方,总算把这根红线硬是牵了起来。但她告诉我,他们一直处得疙疙瘩瘩。比方讲,她要是哪次走开,没接到对方电话或是没及时回复他短信,就这么点小小的不巧,他的态度就会突然冷下来。她问我该怎么办,我也没辙。

本来,最常用的法子是"吊他胃口":为了引起他重视,故意消失,或者不再主动联系他。但这得确认对方真的动心后才有用,至少是在对方对自己一见钟情并主动追求情况下才比较有效。但对她那位,要是现在断去联系,估计他很快就会忘得一干二净。

我劝她还是耐心点,如果真的不想失去,就要更积极主动些。对于这一类男人,比较有效的办法可能还是每天打一通电话给他。注意,要在自己刚有点想他的时候打,要点是打电话的时间最好控制在一分钟以内;每次都自己主动、干脆地挂上电话;不要在很想他的时候打,否则很容易忍不住大诉衷肠,反而让对方不耐烦。如果能做到如此节制,慢慢对方就会觉得和你之间建立起了某种特殊的联系。这种一天一电话的做法,据我所知,好像比自己苦熬好久,终于按捺不住给对方写下一封长长 E-mail 的做法更有效果。

我女友如法炮制,果然,一个月后,对方就经常主动约她出去了。看来对付三十单身男,还得女人自己主动一些。

29 ☆ 遇上害羞男

　　和害羞男的交往过程，简直是一言难蔽之。根据我的个人经验，害羞男大致可以分成两种，一种是很女性化很纤细的害羞，不管你说什么，都会很认真地听；不管你问什么，都会很认真地回答。读书时有过这样一类型的男友，两人刚开始眉来眼去互相勾引阶段，他就总想知道他在我眼中到底是什么样子的，还总想知道我心里在想什么。我随便皱皱眉头他也跟着脸色阴沉，当然我笑嘻嘻时他也貌似比我还开心，但这种过分的敏感发展到后来就有点让人累了。

　　当然那时我也没经验，后来有点后悔，如果能说点更诚恳更贴心的话，能让他信任我对他的感情，也许他会真正向我敞开内心世界。这类害羞男即使对女友也还是有戒备心理的，在他们面前，最好不要大大咧咧地批评数落你讨厌的男性形象，因为他们会不安，会觉得你就是在说他，然后自动对号入座。另外，女人要是过分积极主动接近他，也会适得其反，他的想法是：她现在那么喜欢我是因为不了解真正的我，要是了解了她肯定不会那么喜欢了。结果又会不安，会主动拉开距离，总之会有些反常举动。

　　所以要是你爱上这一类害羞男，最好像抓敏感的小动物一样，动作越轻,速度越慢,才越容易诱使他走近你。两人之间有了矛盾或者误解,也千万不要咄咄逼人,他对这可没有免疫力,很容易受伤。对待两人之间的约定也要很小心谨慎,小到约好晚上回家发条短信这样小的事也要认真对待,这样他会觉得你很可信,给他安全感。越是一般人容易忽略的小约定,对他影响却越大。因为对他来说,对一个人的信任是建立在一件件小事的基础上的(积少成多,慢慢抓住他的心,你就从朋友上升到女朋友的位置了)。

记得那时我们分开住,有天他说很忙,就不过来看我了,问我愿不愿意晚上打个电话给他,我答应了,他说那就晚上九点好了。结果我去洗澡,忘了时间,后来在寝室嘻嘻哈哈,更忘得一干二净。分手时他说那晚他就认定我并不真的爱他。所以和他们交往,要是你真有事没法如约,至少发封 E-mail 或者发条短信。

另一种害羞则很男性化。他们天生就不擅长制造话题,后天也完全不努力打破沉默。采访时我最怕遇到这一类男人,因为不管你问多少问题,回答你的永远言简意赅就那么几个字,倒是很符合"沉默是金"的古代"好男儿"标准。

和这一类男人我也有深交(他们最适合做好老好老的老朋友),因为他不擅长表达感情,不擅长说甜言蜜语,给人的错觉就是比起一般男人来更酷。但其实他们内心很柔软,如果女方是行动派,很主动很尖锐,他反而会步步后退,最终丢盔卸甲向你捧出爱心。反而是那些优柔寡断、很女孩子的女孩子,让他们不知道该怎么办。

另外他们其实也很粗心,所以有时会前言后语之间有矛盾有漏洞,不是原则性的问题就睁只眼闭只眼好了,他对自己的嘴笨可是很有自知之明的,所以如果你过分聪明、过分牙尖嘴利,只会让他心烦意乱。

30 ☆ 懒得回信的男人

　　我经常听到女朋友们抱怨：我给他发短消息都是好几行，他要么隔好久才回一条，要么就那么几个字，真是气死我了。

　　有天正好和一个男性朋友聊天，他哈哈笑，说是很正常，男人之间也是这样，互相都经常不回短信。

　　我母亲每次看我拇指翻飞都会感叹，确实，她那年代主要还是靠写信维系爱情，公用电话间又毫无私密可言。后来我送了她一部手机，她很快就喜欢上了，有时锻炼回来的路上还会打电话问我要不要早点之类，但教她怎么发短信却费了我老鼻子劲，她还咕哝，真麻烦，还不如打个电话省事呢。那时我突然想到，我那些女伴的男人们，都已经不是二十来岁的小年轻，快奔三奔四的人，也许已经不习惯用短信谈情说爱了吧。

　　后来我在 MSN 上问了一些大龄男，果然有些人觉得："我喜欢她，她喜欢发短信，我就随她，但我本人不喜欢那种方式，手机主要是用来谈工作的。"还有一位跟我说："她有时会发些图案过来，我也原样再给她发回去。"有一位反问我，为什么你们女的不喜欢用电话呢？电话能交流更多信息，你不觉得这是因为我很在乎她，很想多了解她一点的表现吗？

所谓男女有别，可能男人本性就不喜欢用文字形式代替对话吧，尤其是那些很能侃，对自己声音还挺自信的人。除非是还没见过面的网恋，因为有种种可能性，男人会一边打字一边想象，但真的见了面，或者搞定对方了，一般很少会继续像之前那么频繁网聊。

说起来，我男朋友也是如此，我也暗暗生气过，但后来发现他经常找不到手机，我才明白，他总是不及时回短信，是他的习惯所致，他对任何人都这样，不是对我一个，这么一想，就不太会庸人自扰。他倒是很喜欢在 MSN 上留言，理由是在单位里老拿出手机影响不好，别人会觉得他在做私事，用电脑则很正常。

不要因为男人回信不及时就认为他不那么爱自己；不要对短信的甜言蜜语度抱过高期望。另外还有个小诀窍，就是跟他学，也用几个字完事。

我向来喜欢连篇累牍描述细节，但有段时间特别忙，写短信也简省许多，顶多就是"今天好累，我睡了"或者"起来了，又开始赶作业"。这样才过了三天，他就跑来看我了，因为他怀疑我不再爱他了。这就是所谓的若即若离啊，先连番轰炸一轮，完了偃旗息鼓，对方当然就会好奇。不过切记不能反着来，另外，他有所表示了，要立刻积极回应，不能继续搭架子爱理不理。

最后要唠叨的是个小细节，有没有发现在公共汽车或者地铁里，有很多不停发短信的男人？因为那时没什么事做，交流交流感情正合适。了解他的上下班时间，趁他在路上时和他多多联系，应该是个好办法。

31
☆ 酒后狂男

有的男人喝了酒，魅力倍增，幽默话多出不少，让大家都其乐融融；有的男人喝了酒，魅力对折，喜欢说教，重手重脚，说话阴阳怪气，搞得大家都很扫兴。

上周女友找我诉苦：她和先生一起请朋友夫妻吃饭，先生一个人喝掉了一瓶白葡萄酒，后来去酒吧又干掉一大杯黑啤，回家的车上就开始反复唠叨，足足说了五遍她女友的丈夫在那个圈子里只算是个小人物之类的话。她冷静地提醒他喝多了，他居然骂出了："去你妈的，你算什么！"女友气得差点要提出离婚。她问我该怎么办。男人要是喝醉了还不承认自己醉，那当然什么法子也没有；能想出办法的，就是怎么让他不喝酒。

首先要在他酒醉后第二天清醒的时候明确告诉他，他醉酒的时候弄得大家都不愉快（注意，是大家，而不是仅仅你一个"受害者"）。很多酒后狂男自己压根就没注意过这一点。至于大家怎么个不愉快，不要用开玩笑的口气描述给他听，要非常严肃地、尽可能呈现细节地告知他（写封信给他也可以）。千万不要在他已经醉了的情况下说他，一是会使他越发失去理智，一是你也很难客观正视他醉后丑态。不过，一旦他开喝了，就不要去制止他，因为已经

106

止不住了。

对男人的醉后丑态,绝不能听之任之(不是你的男人当然不用你管),最好能把他的丑态拍下来给他看,能拍到让他大吃一惊的程度才好。因为能改变这种男人的方式就是让他也觉得自己很"恐怖",这样才有可能帮他尽量避免喝醉,用理智控制自己。当然,求助他的朋友也是一个可行的办法,让他们找个机会(最好就是在他醉酒后紧接着的一次聚会上),好好说说他。但这办法实行起来有一定难度,一是最好你不在场(以免他在你面前恼羞成怒),二是既然你不在场,很难控制那些朋友说什么,没准还适得其反。最好是找准人,真心关心他、自己又不喝酒的朋友为上选。

我女友的先生是个挺聪明、同时又挺负责的男性,刚开始听我女友倾诉,我还有点不相信,后来仔细观察后发现,他的这种酒后"发狂",其实是一种精神上特别不安定的表现。他很爱她,但他知道,他不是她曾经最爱的那一个,所以我想,他有点这方面下意识的自卑吧,所以格外要在她面前显出自己的强来。果然,据说他工作场合时喝酒应酬,就控制得很不错。

有天我见另一位女友,跟她谈起男人醉酒这个话题,没想到她给了我截然不同的答案:"喝醉酒丑态百出才叫好呢,就不会有女人喜欢上他了。"她的先生是政府官员,实权在握,自然不用担心因为醉酒失态得罪朋友。她说就因为他酒品不怎么样,她从不担心他在外面应酬时会有外遇,因为"那些小姑娘看见他那个样子,吓得逃也来不及"。

32 ☆ 他为什么风云突变?

一位女朋友打电话跟我诉苦:前不久她刚开始一段新的感情,可那天不知是哪一句话触动了那男人某一根神经,他突然发火,她从没见过他那副样子,搞得她手足无措兼莫名其妙。

其实即使两人交往日久,很可能某个瞬间,你就踩上了地雷。这种我称之为"风云突变"的瞬间,往往发生在女人觉得两人挺亲密,已经没什么隔阂或距离的时候,这种时候女人很容易心无芥蒂口无遮拦,结果不小心说出的某一句话,让两人之间的甜蜜立时化为乌有。如果当时男人的反应过激,女人一般很难再若无其事地让这件事不了了之,结果很可能导致一场指向分手的争吵。为什么男人也会如此神经质? 这里要补充一句,这一类型的男人往往集中在二十五岁至三十五岁,究竟是什么让他们无法忍受,立刻拍案而起或摔门出走?

在深度访问了一些男性朋友后,我得出如下四个关键词:否定、死不认错、打乱节奏、说话没章法。

一个女人若是否定、看轻男人心里极为看重的东西,天性再温厚老实的男人,也会气得脸红脖子粗。就算他因为性格或教养问题,没有把火气发出来给你看,他也会在心里认定:你和他是价值观截然不同的两类人。一旦认定了，这念头就会整天静静地噬咬着他，很快就会让他下定决心和你分手。

什么是男人心目中普遍意义上重要的东西呢？兴趣爱好、工作、朋友圈、人生目标、理想、生活方式……基本不出以上这些范围。所以，当你和一个男人开始越靠越近，并且打算继续深入的时候，你的首要任务就是弄明白，他看重的东西都有哪些。也许你不能赞同他的某些选择，但请务必报以理解的态度。我有位当教授的男性朋友就是如此，他有奇怪的交友观，认为凡是从底层奋斗上来，身上带有流氓习气的男人，骨子里才是真正的血性男人，十分讲义气。且不论正确与否，至少以一般社会眼光来看，这种交友观是女人很难接受的。他的第一任太太因为总是干涉，结果两人纷争不断，以离婚收场。第二任太太则聪明得多，她既不出去与他们应酬，也从不阻止丈夫。她私下对我说：只要他们不麻烦到我就可以。确实，女人永远要记住，本性难移，对于那些他坚信不移的东西，你的否定只会让他否定掉你。

还是交友问题。有位经商的男性朋友，有许多在我们看来的"酒肉朋友"，他的女友很不满意他总是借钱给他们，请他们吃饭。她总是说，希望他破产，这样就可以证明她的判断正确。果真有了那么一天，他需要一大笔款子周转，他昔日的狐朋狗友统统玩消失，他也真正意识到自己交友失败。所幸这个难关很快过去，但他不久就和女友分了手。我想男人是很容易恼羞成怒的，就算他能真心接受女友的观点，他也无法容忍她的语气和态度，他会觉得在她眼里，他只是个傻瓜。

让男人们很快暴怒的关键词二是女人们的死不认错。

"她明明知道自己做错了，但她就是不肯承认错误，还很嘴硬，这时候我会非常生气。其实哪怕她做个鬼脸吐吐舌头都可以。"跟我说这话的男人向来以好脾气著称,但他说,每到那时候,他就会情绪失控。

有一次,他和前女友一起搭乘一辆出租车,她坚持认为司机绕了道,他因为经常走那个路线,知道有些马路不可以左转,只能绕道。他向女友解释了,但她仍然让司机退钱,最后他生气地要她向司机认错,她气得一甩车门:"我是为你省钱啊,你居然帮外人说我!"当然他们以分手告终。

对男人来说,他们中的大多数一般不会为了女人所犯错误本身而生气,但他们会因为女人找借口、不肯承认犯了错而死磕到底,而女人往往到了那个时候想息事宁人,以为要求对方拥抱自己一下或者用抚摸或接吻就可以让事情过去,孰料这对男人往往起到反效果。当然也有的男人格外爱钻牛角尖,你因为犯了错已经心理负担过重,他还在那里盘根究底你当时怎么会那么想的,这样的男人,不要也罢。

对男人来说,难以容忍的还有一件事,就是对方打乱了自己节奏。这里的节奏包含很多意思,比如遇到一件好笑的事,他先笑,你慢半拍,就有男人认为你破坏了某种默契。有天晚上月色很好,我和男友站在阳台上心情愉快地欣赏月亮,他突然跟我说了个笑话,但我一开始没听明白,等后来明白过来又觉得完全不好笑,他一下子很失落。我们争执了几句关于笑话的鉴赏力问题,很快上升到爱不爱的问题,在他看来,正因为我不够爱他,因此无法和他步调一致。

另外在我们的谈话当中还有另外一个危险雷区。我和男友刚住在一起那会儿,他常常会因为一件很小的事突然生气,一开始我不明白,怎么刚才还说得好好的,一下就变了脸。后来我们深入交流了我才明白,他发火的原因出在我的措词上。比如在讨论一件事的时候,我总是以"不对,不对"这样具有否定意义的词语开头。

这意味着他的所思所想对于我完全是废物一堆,这对男人来说,显然是个难以接受的侮辱。现在我已经学会用"嗯,你说得有道理,不过……"这样的句式开头。

女人容易激怒男人的地方还有很多,比如往往来不及等他把话全说完,就急着表明自己的观点,也许我们只是怕自己忘了,他说的部分中有哪些我们是难以接受的,但对男人来说,这意味着你只想说出你想说的,而完全不想听他说说,他会认为你并不需要他的意见,继而认为你不需要他。我们女孩子也许应该学会倾听,同时拿张纸拿支笔,把过后需要反驳的地方一一记录下来,而不是即时打断他。

女人在陈述一件事的时候如果细节太多,男人听了半天仍然不知道你要告诉他什么,他就会不耐烦。哪怕你是他心爱的恋人,男人仍然会要求你在和他交谈的过程中,有逻辑、有结论。因为他心里会那样想:为什么我和我朋友、同事都可以交流得好好的,你是和我待在一起时间最多的亲密爱人,为什么我们却是那么不合拍,我听不懂你到底要说什么? 因此,如果你学会培养自己说话条理分明,那么对男人来说,你显然是受欢迎的富有效率的女性(注意,男人永远只想着如何解决问题,而不是倾听问题)。如果你每天跟他说的都是一些消极的故事,比如上班不顺心,乘车时被人踩了等等,男人也会觉得很疲倦。

当然,我不建议你因为害怕冲突而总是察他言观他色,但有了冲突以后,一定要保持冷静,以正确的方式弄清他生气的原委。要知道,在男女关系中,除了性以外,对话是最重要的交流方式。对话既是牵住两人一生一世的有力绳索,同时也可能是爱情的致命伤害。

33 ☆ 恋爱对象和结婚对象有什么不同?

"十一"长假大把人结婚,为此吃了几次喜酒,席间经常听到有三十来岁的男人在感慨:"下次一定要找个能结婚的。"为什么是三十来岁的? 因为只想感情用事恋爱一把的好时光已经过去了。这说明什么问题? 说明三十几岁的男人找女朋友,要求的不仅是她作为女朋友带得出去的魅力,更要确定她有做未来妻子的潜质。恐怕肯定了后者,才会正式开始一段新的感情吧。

十几岁、二十几岁的男人找女朋友,只要约会的时候对方能让自己兴奋,有很多乐子可以一起乐,已经万事 OK,尤其是对方的外貌务必接近自己的要求。但到了三十几岁,也就是男人最适合结婚的年龄,你再去听听他们想要什么——

1. 外貌身材要是能满足自己要求的 80%,已经很好;

2. 两个人的价值观或者是对将来的设想最好相同,不希望以后在投资或是对小孩的培养上有太大分歧;

3. 愿意平平安安过日子,经常鼓励鼓励我的女人最适合做老婆;

4. 不希望她总是认为自己是小女孩,需要我照顾,希望她一样能帮我分担家庭负担；

5. 她最好也像我一样憧憬以后两人一起生活的情景，她的憧憬越多，越说明她是想真心跟我一辈子的。

这些都是我那些男性朋友的心里话，女人要是很想结婚，明白这些应该能投其所好。因为男人是很务实的，目前阶段如果他想结婚，他就想找一个一起撑起家的帮手，而不是漂漂亮亮站在旁边袖手旁观时不时还让他买条裙子买个包给他拆块砖下来的交际花（那是男人们稳定江山以后的需要）。

当然男人们的种类繁多，收入、生活方式、观念也有很大差异，我这里主要涉及的都是一些外貌、经济条件不错，也算蛮有女人缘的男人（但也只是年薪十五万左右的小中产，不是那种几亿身家的男人，更不是演艺圈那种，自然也不包括那些到现在为止都没有过成功恋爱经验的）。他们觉得哪些女人是没有结婚可能而因此不想继续深入的呢？

1. 每次都等着自己约她吃豪华大餐，还觉得让男人买单是证明自己魅力的方式并且理所当然（遇到这样的女人，就算年薪百万，也存不下什么钱来）；

2. 刚见了一两次面，就明摆着想跟自己上床那种（做女朋友也无所谓了，但是做老婆还是要考虑考虑的）；

3. 爱钻牛角尖，或者老爱没事瞎想杞人忧天型（晚回家一个半小时就以为对方出车祸了）；

4. 凡事只看到坏的一面，很容易泄气、放弃的女人；

5. 嫉妒心太强，或者管人管得太死的女人；

6. 过于天真的女人，有时等同于总会惹点麻烦的女人；

7. 有不少粗口的女人；

8. 只顾自己滔滔不绝，完全不懂得察言观色的那一类；

9. 刚刚确定下恋爱关系没多久就露出黄脸婆本性那种（女人对自身魅力的打磨什么时候都不能掉以轻心，结了婚还能离婚呢）；

10. 心理年龄比较老，已经认为自己没有社交必要那种，或是朋友不多的女人；

我当然肯定每个人都有自己的长处，但是就因为上述这些小缺点错过一段好姻缘，也是有点可惜的。女人不要太神经质，任何时候都让自己充满自信，表现出自己最好的一面（有点像做戏但是却必不可少），然后再注意一下那些小问题，我想，我们要的应该不难得到。

34
☆ 眼睛、耳朵、下巴决定一个男人

交往之后又后悔,是人生的浪费。

"真没想到他会是这样一个人!"如果你已经是个成熟女孩,不应该再有这样的后悔。所以要学会这样一种技巧,在你第一眼见到他时,就可以从他的外貌、说话方式等等判断出对方类型。

++ 眼睛、耳朵、下巴决定一个男人 ++

"男人不用靠外表"、"男儿无丑相",这样的俗语不少,然而事实上,判断男人同样要靠第一印象。如果第一印象心里就咯噔沉一下,一般不会很合得来。因为靠自己眼睛得来的第一印象,是人的本能所感知到的。人在面对平衡性不好的事物时会自然产生一种不和谐的感觉。同理,如果一张脸失去某种平衡,第一印象就会不好。

进一步讲,一个男人越是没有那种"万人迷"的能量,就越可能"不良"。这种能量,也就是所谓的气场,有强有弱,全都会在脸上赤裸裸地表现出来。

能量充足的男人,不管是眼睛、鼻子,还是嘴,都会比较大。从医学角度来说,眼睛代表肝,鼻子代表肺,嘴代表脾脏,耳朵代表肾。如果它们生得十分饱满,就说明它们所代表的那些器官十分健康。一个好男人,首要条件就是要身体健康。工作顺利当然不在话下,出人头地的可能性也不会小。而在上述五官当中,眼睛尤其重要。眼睛小的男人,一般身体都不太好。不过如今荧屏审美似乎是小眼睛的天下,与医学角度恰恰背道而驰。

其次,脸的大小与形状也很重要。那些社会成功人士一般都有如下特点:大脸、五官组合平衡和谐、下巴结实有力、鼻梁挺直。不过,具体到每一种爱情,还有如下一些参考标准——

■ 如果渴望坠入浓烈滚烫的爱情,那么一个厚嘴唇的男人比较适合;

■ 如果期待明亮灿烂的爱情,嘴角向上弯的男人符合要求;

■ 希望自己的男友很有男人味儿,请选择大耳朵的男人;

■ 如果耳垂大而饱满,这样的男人事业成功的几率很高;

■ 此外,头发也能看出一个人的性格。头发柔软的男人性格温和,发质硬的男人通常性格强悍。

那么,有什么办法能一眼区分出有危险性的男人呢?

■ 如果脸的左右两半不对称,这样的男人很有可能具有双重人格;

■ 鼻孔大而朝天的男人喜欢铺张浪费;

■ 身上体毛很重的男人则很黏人,而且性格内向;

■ 要是脸长得小而紧凑,这样的男人通常比较吝啬;

■ 要是对方生了眼珠往上吊、露出眼白的那种"三白眼",可要多加注意,因为冷酷无情是他们的一大特性,这种人的内在欲望比一般人旺盛得多,容易流于我行我素的粗暴举止,没准会惹出人身伤害。

虽说人不可貌相,但不同的脸确实可以反映出不同的性格。中国相面由来已久,也是出于这个原因吧。

++ 约会注意事项 ++

这里的约会也包括第一次相亲,约会场面其实就是社会缩版。一帮人聚会,如果这个男人和大家都说说话,说明他很在意周围的人,是会照顾自己女朋友的朋友们那种类型。不过,如果什么事情他都想拿主意,一般都有以自我为中心的大男子主义。

另外,聚会场合下的点单方法也很能体现性格。

"我要啤酒!"这样的男人看起来好像只管自己,其实很单纯,很容易"管教"哦。

相反,先问一圈身边人最后才轮到自己的那种类型,性格里既有认真、富有领导能力等优点,同时也可能有吝啬、爱撒谎、自相矛盾等缺点。

要等到别人都点完了才决定的这类男人,一般个性消极,非常看重自己的世界。

像要舔你一口似的痴痴看你,或者总是一边摸自己头发一边和你说话的,对这种男人,一定要提高警惕。他们骨子里不认可男女平等,不尊重女人。

如果对方喜欢搞"破坏",比如撕烂装筷子的纸袋啊、一直绞弄毛巾啊、或者把盘子里剩下的食物弄得面目全非等等,这一类男人一样有问题。他们很能缠人，而且爱钻牛角尖，如果他们遭到抛弃，没准会采取报复手段。

如果对方和你说话时抱着胳膊，这说明他对你抱有很强的戒心。

一般来说，男人不太有看着对方眼睛撒谎的能力。如果你有了自己喜欢的男性，可以试试，直接凝视他双眼对他说话。如果他认为这个话题是他想逃避的，他就会目光游移，这表明他也许要开始撒谎了，要注意哦。

++好男人差男人，开口说话就知道 ++

如果一个男人对自己的工作没有热爱之心，你对他不必有过高期望。如果他对自己的工作只有抱怨，那么他做任何事都只有失败二字。因为他只会从外界找原因，把失败归结于人事、环境等等，总之什么都有借口。而且这一类人虽然整日抱怨，却缺乏从事他口里说的有价值有意义工作的上进心。由于他缺乏创造性才能，你要是和他在一起，日子会过得死水一般波澜不惊。

此外，只顾讲自己的人，恐怕也不会倾听他人说话。对女人来说，好男人标准之一就是要认真听你说话吧。喜欢滔滔不绝的男人也不太可能遵守诺言、言出必行。而这些都会导致他总体交际能力低下，距离成功之日自然也很遥远。

如果这个男人很喜欢向你描述他的宏伟梦想；或者随随便便就会表扬一个人；一个人自顾自说了半天你也不知道他到底想讲什么，这些都是失败男人的典型性表现。不管是在工作场合还是朋友聚会，遇到这样的男人，可以给予同情，但爱情嘛，大可不必了。

每个人的手相都是独一无二的，它们可以如实反映男人的人格特征。一般来说，手掌大的男人神经反而纤细，性格敏感；与之相反，手掌小的男人胆子大，性格单纯。手掌肉乎乎的男人在社交场合的表现往往十分温柔体贴，但这种男人你在日常生活中反而很难依赖得到。

另外，手指也是重点观察对象。手指长的男人，表明性格浪漫、心灵纤细，同时优柔寡断。手指短的则正相反，他们更希望自己能在现实世界中拼搏奋斗，虽然他们很可能大大咧咧，完全不敏感。所以，如果你的理想男人是能保护你的大男人，建议你找一个手指短的。如果这个男人的手指青筋暴起，他可能很酷，很知性，但同时，你要注意他嫉妒心强、喜欢束缚人的另一面。如果你想要一个温柔型男人，建议找一个指甲大的男人。下面提供一个简单的手型鉴定术，希望能有帮助。

☆ 尖头型

白皙美观，手指细细长长俏丽有致，手指不露骨节，指甲粉红色。具有这种手型的人，喜欢华丽的品质生活，神经敏感，感觉细腻。另外身体不好，生命力不旺盛。

☆ 圆锥型

指头粗壮，指尖细圆，从指根到指尖，逐渐细致下去。具有这种手型的人，感情丰富，容易冲动。做事任性，五分钟热度，很孩子气。

☆ 竹节型

顾名思义，指节起结。这一类型的人冷静，有卓越的思考力，忍耐力亦强。但是不善于赚钱，处事之道亦不圆滑。欠缺社交能力，喜欢窝在家里。但是精神方面却很充实，有理想主义的倾向。

☆ 四角型

这种手型的形状,掌的上下左右四边的长度几乎相等,指端和指甲也都是方方的。具有这种手型的人,意志坚定,刻苦耐劳。凡事一板一眼,绝不投机。循规蹈矩,洁身自爱。缺点是相当顽固,很难沟通,看钱太重,节俭过头。

++ 体型看性格 ++

某些性格特征还受体型影响。体型大致分成以下三种,虽然事实上,很少有人完完全全符合这三种体型的分类,但是可以作为参照,判断男人大致的心理趋势。

☆ 肥胖型

这种体型看起来又圆又胖,而且腰围处积攒过多的脂肪,双腿一般比躯干短,肌肉没有完全发育成熟,皮肤松弛。这一类男人通常性情温和宽容。忍耐力较强,善于交际,不易发怒,甚至很少发脾气。他很现实,非常实事求是。会很快表达出他们的喜好,例如对食物和感情的偏好。

☆ 中等型

身高适中,矩形身材,皮肤结实,肌肉发达。这种类型的男人是行动主义者,爱好运动,爱冒险,而且很自信。他们是天生的领导者,喜欢接受挑战,对于那些显示体力的事情更是乐此不疲。一般不喜欢自我反省,常常我行我素。渴望权力,天生具有很好的竞争力,而且会不遗余力地表现出自己的雄心壮志,对于他人的需要则可能不屑一顾。

☆ 瘦削型

双腿长,躯干细。肩膀有些下垂,胸部平坦,但头部一般都很大。在这三种类型当中,瘦削型男人情绪上最容易紧张、最敏感。

通常很睿智,注意力集中,有艺术家的天赋。比较内向,喜欢独处,不喜欢社交场合。对自己的身体和思维都很保守,不喜欢放纵自己,也不贪睡,因为他们紧张的神经总是在警醒他们。

还有一种秘密的方式来分析你眼前的男人们,那就是通过他们的身体语言。这种方法在商业社会中尤其有效,当然在其他社交场合也很适用。需要注意的一点是,每一种姿势都只是分析当时的场景,切不可由此来判断他的所有性格。也就是说,此情此景只能解释他此时此刻的想法和反应。

++ 坐姿看性格 ++

☆ 他是不是向后骑坐在椅子上?

这种姿势说明他想表现出自己的与众不同,或者权威。但是,这种傲慢的态度似乎也可以解释为他想更好地保护自己,反而突出了他内心的怯懦。

☆ 他是不是把一条腿搭在椅子把手上?

他是想表明自己很酷,很放松,任何事情尽在掌握之中。但问题是,他是不是真的放松,或者他只想掩饰内心的不安?

☆ 他坐着的时候是不是两腿交叉,双手放在头的后面?

这种姿势是感到无聊至极或者极其自信时的动作。这种动作传递了两种信息:如果他露出他的前胸,这是首领犬或者其他领头的动物特有的动作;另一方面,他在保护他的下身部分。所以这需要你自己的判断,分析是哪种情况。

☆ 他是不是向前倾着身子,胳膊和腿都很放松地坐着?

他这是为了防止任何损失,从而采取的配合措施。只要你对他不薄,他就会接受你,并且公正地对待你。

☆ 他是不是把手放在髋骨上？

这是一个很常见的动作，他如果不是非常自信，带有一点防御性，那就代表他内心非常气愤。

☆ 他是不是把胳膊交叉着放在胸前？

这种自我保护的方式透露出一种不信任感。除非他充分相信你值得他去关注和付出努力，他才会敞开自己的心扉。

☆ 他是不是把胳膊放在身后？

即使他没有想表示出一丁点挑衅的意思，这也通常被看作是一种控制局面的动作。那些喜欢控制整个局面的人常常会采用这个动作以表示他们的心情。

☆ 他是不是胳膊很放松地放在两侧？

这种动作表现出一种镇定自若和自信，由此可以看出他是一个有安全感的男人，他已经打算和你进行开放而诚恳的对话。

PART *IV*

☆恋爱进阶

35

☆ 新"小女人",制造"被爱"

已经有好几年了吧,人们都争着抢着夸大女人,也就洪晃这样的聪明人明白。在她那本《我的非正常生活》里,就有一篇《话说女强人》,她举了一个五十岁女明星的例子,七小时前接到美国长途,丈夫在纽约和别人上床了,她还得强颜欢笑在地球这一端的中国坐进八抬大轿登上万人体育馆的舞台表演。

等到穿 PRADA 的女魔头横空出世,人们转而艳羡起她天天穿名牌回回扔大衣的潇洒来,却完全忽视了这个工作中毒的老女人顾不了家庭顾不了孩子不得不再次离婚甚至差点被老板炒掉的悲凉。

我这人小心眼,每次看到报纸杂志夸女强人女魔头,心里就会盘算一下:这不还是个男权社会嘛,男人们看着大女人独立自恋挣的钱比自个多多了,心里真就那么痛快? 等到身边几个牺牲私生活的大女人丈夫或男友感情相继出现大走私,才发现,原来这就是一陷阱啊。在她们奋勇挣钱替家里买房买车的当儿,男人们却得了空爱起了小女人,分手时还要历数一下大女人们的"七宗罪"。

不过,这"七宗罪"倒也不是何患无辞的欲加之罪。大女人确实很多不讨人喜欢的地方,别说男人们不喜欢,女人们也喜欢不起来。

☆ 第一宗罪：无意义的攻击性太强

有一女友，时刻准备着反驳别人(办公室养成的习惯，虽然只是办公室主任，她却一直觉得自己受万众瞩目)。朋友聚会，说些很普通的话题，很少会字斟句酌，一不注意被她抓住漏洞，立刻予以批驳，有几次我都被她驳得忘记该说的内容了。私下问过她，干嘛那么计较，意思明白不就得了，她义正词严："有错，我就要纠正。"久了，大家都不愿约她，因为和她说话，太受压迫了。

自我小测(超过两项，"罪名"成立)：

1. 大家都不太和你说些推心置腹的话儿，同事和你说话时态度显得很小心。

2. 从来没人敢拿你开开玩笑，也从没人亲热地给你起过外号。

3. 每次你发火、抱怨完，周围就一片沉寂。

4. 发表完你的高见后，如果对方一声不吭，你会连珠炮般地发问，"是这样吧，你是这样想吧"；如果对方"嗯"，鉴于他(她)没有反驳你，你便认为两人意见统一了。

5. 别人犯错你生气，别人指出你犯的错你更生气。

☆ 第二宗罪：女人我最大，自说自话自我中心

只要她开口，永远都是"我怎样"；有时也想表现一下亲和力，想插入别人谈话里，但总是找时机把话题往自己身上拉。

自我小测(超过两项，"罪名"成立)：

1. 每次轮到你开口发言，最起码都在三分钟以上。

2. 从没想过说什么才能使气氛轻松下来，让大家高兴起来。

3. 不太考虑听众的反应,因为你压根没想过要靠他(们)帮你解决问题。

4. 和家人说话,八成话题都是你创造的。

5. 即使去相亲,也会大谈自己的工作,因为这是你最骄傲的资本。

☆ 第三宗罪:打心眼里赞同"优胜劣汰",喜欢强者,看不起弱者

从小到大,大家都公认她很强,当然,一直都是优等生的她,才气也是有的,她是以该省第一名考进上海院校的。在大学里,她也没几个看得上眼的同学,偏又是直性子,甚至连伪装都不懂。因此张口往往出言不逊,话语张狂。和她吃饭时特别一惊一乍,因为她特别容易对服务员光火:"你算什么东西!?"

自我小测(超过两项,"罪名"成立):

1. 你很赞同那句话:"可怜人必有可恨处。"

2. 不止一任男友对你说,和你在一起,好累。

3. 对"蠢人"由衷厌恶(因此难免对笨手笨脚的阿姨横眉怒目)。

4. 介绍新朋友时特别喜欢加上公司名称、职务或者海外留学经历。

5. "她真的很厉害",这是你最爱听的赞美之一。

☆ 第四宗罪:讨厌做"花瓶",结果物极必反,连外表都退化成了"男人婆"

这位女友其实本身长得不错,三十几岁已经做到高层,拥有自己专用的办公室,漂亮名牌衣服不在话下,可她偏偏觉得穿上它们就等同于靠男人吃软饭的那些"花瓶",因此一年四季都是一身笔挺西装,一只大公文包——何必为工作抹杀自己身为女人的妩媚

127

呢?每次看见她我都替她可惜。难道涂涂指甲油戴上耳环,化个无懈可击的妆,真的就会抹杀自己的能力吗?

自我小测(超过两项,"罪名"成立):

1. "流行"根本不值得重视,我就是我。

2. 半年都不看一本时尚杂志。

3. 更愿意在饮食方面保养自己,但不太愿意在"美"方面投资。

4. 最讨厌"狐狸精"型女性。

5. 已经很久没有什么新衣能打动你了。

☆ 第五宗罪:忙得连和朋友、爱人打电话的时间都没有

她自己开了间设计公司,每次给我打电话总是一口气不停地把她要我帮忙的事说完,然后就是"谢谢,拜拜",从来不问问我最近情况如何。有次和她男友碰到,一起等她时他也向我抱怨,说她很少给他发短信,要发也总是那句话:"给我电话,有事找。"

自我小测(超过两项,"罪名"成立):

1. 不想听对方继续讲下去时会挂掉电话。

2. 不懂什么叫"此时无声胜有声",和人谈话时从来没出现过舒服的短暂的彼此沉默现象。

3. 觉得越是亲密的人越不需要客套。

4. 不习惯说甜言蜜语。

5. 对方用的是录音电话,一点都没有不习惯的感觉,觉得那样交代事情更方便。

☆ 第六宗罪:除了工作再无其他爱好,以为公司缺了自己就会倒闭

我和她是同班同学,考试前她就会变得十分兴奋,因为我们都

属马，我总是嘲笑她就是一匹赛马。上班后也是这样，只要上面交代什么任务，她总想凭一己之力达到完美。如今她已买了房买了车。生活里没出现过男人，因为她每天一早就去工作，晚上回到家洗漱完毕时已是就寝时分。谈起人生，永远只有"工作"两字。

自我小测（超过两项，"罪名"成立）：

1. 对自己的能力充满自信，觉得"被炒鱿鱼"这样的事怎么可能发生在自己身上。

2. 男人还不如工作更靠得住。

3. 孩子会影响工作，不要也罢。

4. 对婚姻已经死心，再说也没有什么比工作成功来得更有成就感。

5. 从不想象自己老了以后孤寂一人的日子。

☆ 第七宗罪：男人可以轻松花心，连歉疚都不需要

她原来也有爱她的丈夫，但是因为忙于工作，两人虽然住在一起，一星期能清醒相见的时间还不到几小时。刚开始的一年，丈夫还经常特地去接她下班，那时她觉得自己还是挺能摆平家庭和工作的，于是变本加厉地忙碌。后来丈夫开始经常出差，我提醒过她，她反而说，他经常出差更好，因为她太累了，每天晚上连做爱的兴趣都没有，他不在她反而乐得轻松。丈夫后来跟她摊牌有了别人，她想挽回都来不及。她自己也理亏，因为这几年确实很少真正将丈夫放在心上。

自我小测（超过两项，"罪名"成立）：

1. 爱人需要去外地工作，那就两地分居吧，辞职陪他没可能。

2. 尽管承认女人越强越容易吃亏，但还是觉得她们自己很酷。

3. 对爱人的态度有时和对同事甚至下级一样。

4. 明明知道他花心仍然眼开眼闭，实在是无暇顾及。

5. 不知什么时候开始，做爱成了一门苦差。

　　和这些吃力不讨好的大女人相比，另一批新小女人却躲在男人的背后偷着乐。

　　她们爱生活，自然也就爱漂亮；

　　她们一眼看穿"大女人"的称呼不是一种荣誉，而是男人们偷懒偷腥的好帮凶，是被男权社会异化了的挣钱机器；

　　她们的人生目标是"被爱"，集同事、老板、朋友、爱人……三千宠爱于一身，才是她们奋斗的方向；

　　她们大方承认软弱就是女人的代名词，从来不觉得那词有什么贬义，软弱成了她们的"护照"，甚至被她们发扬成一种征服男人的美丽武器；

　　她们工作上不用付出良多，照样顺风顺水，因为她们懂得把握男女之间许多无法言说的微妙之处；

　　她们不会让男人肃然起敬，她们只会让男人的眼睛跟着她们跑，因为她们即使头发短，胸部小，仍然散发出温柔细腻的女人味。

　　……

　　像她们一样被爱，是一种幸福。

　　这种被爱，并非传统意义上被错误的人爱上的那种叹惜，也并非从头到尾都无法察觉的木知木觉，而是主动积极制造的"被爱"，自始至终，那些人都是你心头在意的。**使他们萌生出爱你的心，制造出被爱的可能，强化他们爱你的能力，这才是聪明的、幸福的被爱。**

++新小女人"被爱"生存法则：++

1. 她的脸上永远写着"信任"二字，任谁看见都会立刻生出认同感，觉得可以和她一起解决难题，所以她制造出的氛围很开朗，很有希望；

2. 她懂得"理解"二字，理解他人的信念、生活方式、甚至他们的缺点；

3. 她知道男人的本性有一半是孩子，因此从不打击、扼杀他们的想象力；

4. 她一开口说话，一定会先肯定对方，绝对不会用一个否定词；如果是讲电话，她的语气听起来总是高高兴兴的。哪怕你们其实并不熟，她也会让你觉得她好像一直就在等你电话似的。其实培养这种兴高采烈的说话情绪只需要看到来电显示后酝酿十秒钟。但就是这十秒，却能让他人高兴，如果是他恰好是你在意的人，他会感觉到，你是很想和他在一起的；

5. 不管对任何人，不管是不是用娇嗔方式，都不说那句"你怎么那么笨啊"，有些对象是敏感的，空气会顿时沉重下来；

6. 现代社会，谁活得都不容易。不放弃自己的梦想、认为自己工作有价值、玩的时候全情投入，永远一副享受生活的样子，这样的女性会很有感染力，到哪里都会很受欢迎。这种乐观其实跟职业、学历、家庭条件都没关系，跟男友是不是爱她，对她是不是体贴也没关系，它跟一个人对生活的态度有关。这个时代是要求人们（无论男女）学会对自己的人生乐在其中的；

7. 新小女人懂得由着自己的性子，同时又很慎重地选择自己的工作（绝不会只是为了加薪升职而跳槽）。只有对自己喜欢的工作，才会每天都心甘情愿上班下班；

8. 因为天生丽质而讨人爱，不是本事，很多新小女人外表很普通，衣着打扮也仅仅是不落伍，但她们见人三分笑（让人感到是发自内心的），充满活力，又有自己的兴趣爱好（这样才会有说不完的话题），同样很招人爱。尤其，这样的女人同性人缘也好，不会招致嫉妒；

9. 即使和女朋友出去逛街，新小女人也不会随随便便穿件 T 恤。因为她时刻都做好被爱上被注目的准备。人打扮得漂亮，就会关注漂亮东西，发现能够更衬出自己漂亮的东西，心情就会很好。不似有些女人，邋里邋遢，有漂亮衣服也撑不出来，久而久之便失去自信，继而消沉；

10. 绝不会把自己卖给工作，就算老板不太高兴，该休假的时候还是会休假。（一位法国朋友告诉我，中国人大都不知道什么是"小快乐"，无论男女，都有过度工作的现象。）只要工作能保障生活，该休息的时候就应该下定决心不去想工作上的事。有了足够的休闲时光，才能回归真正的自我，也才有心制造"被爱"，享受"被爱"。

36☆ 怎样让他开口约你

我的女朋友们大抵属强女类型,但就有一件事很难搞定,就是怎么主动示爱才能不显山不露水,还能勾起对方兴趣。她们一般都接近三十岁,觉得自己主动诱惑实在是很有风险的一件事(其实她们二十来岁时也曾豁出去过,不过那时年轻,遭到拒绝也不以为耻),按我一位闺蜜的说法就是,面子的事,大如天呀,还是等着男人主动比较合适。

但对于三十往上的男人来说,他们才懒得去猜一个女人躲躲闪闪的心事呢(除非他恰好对你也有意思),要是你遮掩得实在太好,凭他们的粗心劲儿,没发现也是正常。再说了,换作你是那个男人,知道自己像猎物一样被隐在暗处的女人掂量,心里也未必舒服。

我有位三十八岁的女朋友,从来不缺男朋友(全都是她自己选的),在我看来,她身上最大的魅力点一是她的笑,二是她个人兴趣爱好十分广泛,旅行运动电影阅读,外加烹调美食,什么都能跟你侃上一下午。和某位男士第一次见面,如果她对他感兴趣,就有本事很轻易地钓鱼上钩,制造出下一次见面的机会。

比如,知道对方曾经去哪里玩过或原本是哪里人时,就会笑嘻

133

嘻说:"我正好想去那里过五一,你有没有认识的朋友或是什么好玩的地方介绍?"另外一种方法是她自己提供娱乐信息给对方,比如哪里有个什么展览,有没有去看过等等。她告诉我,那些男人可能本来没动心思要和她在一起,但一般都会同意,"一起去看看",三看两看,就成了她男朋友。

我以前就写过一篇文章,提倡女人过了二十五岁后就该自己骑马找王子,女人的成熟也正在于此。其实制造容易使男人上钩,主动约会你的诱惑氛围还是很容易的:

1. 哪怕你个人没任何爱好,看看新闻(包括体育新闻)总可以吧,就利用上班前的一点时间,你足可以收集起有用的交流情报;

2. 从今天开始,不再使用对自己形象产生负面影响的词语、句子,尤其是"我已经快三十了呀"、"反正"这两种;

3. 正确认识自己是属于容易走神发呆型还是积极进取严肃型,在和对方谈话的时候充分发挥自己的长处,要么一针见血议论得头头是道,要么把发傻发挥到可爱程度(女人七老八十照样可以扮可爱,只要这可爱由心而生);

4. 可以利用镜子多加练习如何表达自己,内容可以包括让你很感动的事、让你情不自禁大笑的事、让你哭的事、你看过的书的故事梗概,最不济也得准备几部电影电视剧的主要情节。当然,你得有自己的观点(这些都是不痛不痒的对话润滑剂);

5. 为了使自己具备充分的自信,要花时间研究适合自己的妆容、服饰、发型(一定不能盲目跟着时尚走,要跟着自己走);

6. 不仅要关注外在的穿着打扮,也要注意谈吐用词态度表情,要让男人充分意识到,你是个百分百的女人;

7. 如果做错事,千万不要找理由,"哎呀,人家就是怎么怎么嘛",这种撒娇方式一过二十五岁,统统失效;

8. 对方的优点,你要善于一点一点发现(这绝对是门学问),不要一上来就盖棺定论,否则对方会觉得你并没有花心思去了解他;

9. 善于夸奖对方(人都是需要捧的,尤其是男人,他们都是小孩子呀);

10. 要是意识到有争执的苗头了,少说(最好是不说),多笑!

这些方法,不是教大家隐藏起真实的自我,而是将心比心,男人也不是天生就会主动的,你得给他搭点梯子,让他很顺风顺水地开口约你,这样,你的目的也就达到了。

37 ☆ 第一个小时,决定你们有没有未来

身边女友单身的大有人在,每次聚会,大家忍不住集体攻击某位女孩,概因她相貌中上,男友却层出不穷,且从来只有她甩人。照她的说法,恋爱本就是皆大欢喜的游戏,当然要用技巧,否则多不好玩。但就像魅力女孩不能再穿地摊货一样,技巧也不能再用年少时廉价的那些了(比如很任性地撒娇,或者好像要把自己完全交出去的那种表情)。

让我们先来分解男人的慢动作:他的视线向你飞来,你的发型、脸、衣着是否时髦,接着是你身材的大致轮廓和总体着装风格,在这一瞬间里,他的大脑同时解析了这些信息,显然,他不可能看清你每个部位的犄角旮旯。充其量,他认识了你的脸和表情,这时,他会在心里做出第一个判断:不错或者一般。

有位相过几次亲的男士告诉我,如果女孩单是发型有点扎眼,也就罢了,但如果她的穿衣品位也不高(颜色、质地),他就会觉得特别不协调,这种负面印象还会特别深(因为男人的潜意识里,会由你的这身衣服想象到你的身体)。

和他第一次相见,你就对他情愫暗生,怎么让他像你对他一样,对你一见钟情?

当然，钟情不可能一见而定，但事实上，第一次见面的第一个小时，已经决定了你们的未来是否会有故事上演。

我女友的技巧给了我很多启发：

☆ 一、看着对方的嘴唇（而不是眼睛）说话

我们从小受到的教育就是要看着对方眼睛说话，这条对男人很适用，对女人嘛，要适当做点减法，尤其是第一次约会。因为第一次还是需要营造点神秘感的，所以，如果聊天时涉及隐私话题，比如"之前有没有恋爱过"之类，就可以沉默无语，然后把视线游离出去。当然，假如是你在向对方要求些什么，比如"有空给我打电话"等等，就一定要笔直看过去。视线游离时的淡淡羞涩和视线交汇时安静的一秒钟凝视，如果运用得当，是很能让对方对你浮想联翩继而对你产生兴趣的。

而且，如果经常看着对方嘴唇说话，会因为视线略略向下，让自己看起来有低眉顺眼的效果，而且大部分女孩在这个角度看起来都比较柔美。当然，如果能让对方也看着你的嘴唇说话，效果就会更上一层楼。因为漂亮的嘴唇会让男人开始想象和它接吻的感受。

☆ 二、增加嘴唇的魅力，而不是眼睛

问过好几位男性朋友，第一次见某个女孩，会看她哪个部位？当然是脸。但如果接下来两人之间有对话交流，潜意识里，注意力会被嘴唇和嘴唇附近肌肉的运动所牵引。

不是眼睛吗？

当然不是！

我试过凝视一位美女的眼睛——只是眼睛。结果几秒钟后，我就开始走神。因为眼球本身不会变形，所以其实眼睛本身是没有表情的。我们平常说的眼睛生动，是和眼睛周围的肌肉运动有关，而且光靠眼部肌肉，再加眉毛，还是不足以达到生动程度的，人的神韵主要靠的是从嘴延伸到两颊处的肌肉运动。

每天多提升嘴角，只需一厘米；用有水润感的唇彩，而不是模特们用的黑色或暗哑金属色（男人大都喜欢健康的、有闪闪跃动感的唇色）；个人不建议用唇膏，因为唇膏太"扎眼"，缺乏自然感，男人会欣赏，但是不会想去吻（以免自己吃到一口化学物质）；在你笑的时候，你的嘴唇是有光泽的，就可以；对着镜子锻炼笑容，最高境界是笑得像朵向日葵一样，阳光而朴素，看似对眼前这个男人完全没有戒心没有防备的那种。

☆ 三、借助外部环境主动表白

单身女孩的应酬机会不少，如果请你吃饭的男士恰恰是你心仪的，完全可以告诉他，"和你在一起感觉很好"（这般轻度表白已经足够）。因为是魅力女孩，突然来句富有诱惑性的表白，男人大多会感到意外，心也许就会"蹦"一下。但也要讲究环境，如果在特灿烂特温暖（不是晒）的阳光下，或是在很有速度感的交通工具上，比如摩天轮，最次也是空荡荡窗户大开一路绿灯的公共汽车（地铁飞机这类不能开窗比较封闭的环境除外），或者是在风景名胜之类很不日常的环境下，效果会倍增。

☆ 四、落单

这一点用来吸引办公室"窝边草"特别有效。

其实大部分成年男人对成群结队来来去去的女性小团体完全没兴趣。一个女孩有大把好友自然是一种魅力表现，但如果总是集体行动（比如去上厕所、去吃午饭或是参加公司聚会时），男人就会自动降低关注度（因为男人的潜意识是这样运作的：魅力女孩不需要同伴陪衬，没魅力的女孩才会抱成团，所谓物以类聚）。但一个落了单的女孩，因为她不会和同伴叽叽喳喳说话，男人就不知道她在想什么，就会对她产生点好奇心，而且跟一个落单女孩搭讪显然要容易得多（大部分男人从中学时代起就羞于硬着头皮顶着一堆射线和一帮女孩中的一位打招呼）。如果你想听到爱情招呼你，还是独来独往的好,爱情可能随时都在角落里窥伺呢。

☆ 五、多穿有绑带设计的衣服

普通人的生活和工作场合很少需要穿到袒胸露背的晚礼服,不妨多穿穿那种带子绕来绕去的毛衣或高跟鞋,别有一种隐秘的性感。因为男人内心深处都有一种破坏的好奇,看到绑带的设计,那种解开看看隐藏其下的东西是什么的本能就会蠢蠢欲动。如果在一件黑色的绑带毛衣下,露出少少一段雪白脖颈,男人怕是很难禁受吧。

☆ 六、性感无袖、露腕境界

"第一次相亲,吃完饭后看时间还早,就选了间安静的酒吧坐坐,那里灯光很暗,我要了啤酒,她点了鸡尾酒。看样子她酒量不好,喝着喝着就变得很高兴,话也多起来,开始说起她小时候一些趣事。突然她轻轻叹了口气说'真热啊',然后把毛衣一下子脱了,里面是件看不清颜色但很勾勒身材的小背心。"

告诉我故事的男人形容,那一瞬间,他觉得"天地颜色大变,整个酒吧都被她白生生的胳膊点亮",当然这种修辞有点夸张,但因为之前在他的印象里,那女孩和性感完全搭不上边,但是一脱之下,不经意的性感立时流淌。

我总结关键词如下:1. 昏暗酒吧;2. 微醺;3. 脱去外衣;4. 无袖背心。

也许女同胞们会觉得这样做很"小儿科",但就是这么小一个细节,却会打动男人的心!

"第一次相亲,约了去看电影,尽管是夏天,她还是很保守地穿了一件七分袖上衣。然后,看电影的时候,有好几次,她裸露的手腕无意中碰到了我的……那时我们还没握过手呢,但就那几个瞬间,我的大脑一下被击中,电影讲什么,根本就没往心里去。"

这个技巧其实可以扩展用于咖啡桌、露天阳台之类场景,保守中略带春意的露腕七分袖,诱惑力完全不比袒胸露背装差哦。因为身体其他部位都被衣服严实遮掩,男人的生物本能就会被引向唯一裸露的手腕处,这也遵循了"少就是多"的原则。

☆ 七、两人之间距离不超过 0.45 米

第一次见面,让他对你产生没来由的亲近感,这点很重要。

美国人类学家爱德华·T·霍尔曾经划分出四种人际距离:0~0.45 米是亲密距离,属于家庭成员和亲密无间的人之间的距离;0.45~1.3 米是个人距离,属于亲近的朋友或家庭成员之间一般谈话的距离;1.3~3.45 米是社会距离,属于邻居、同事间的交谈距离;大于 3.75 米则属于公共距离,比如公共场所的演讲距离。

所以,两人之间距离不要超过 0.45 米,但也不要太近,因为每个人都有感到安全的一个空间界限。第一次交流时,你还不是他的恋人,更不是他的家人,太近反而会带来不适。如果他是特别外向的人,你不妨离他更近些。但他如果比较内向,你还是保持在半米开外为好。

我个人觉得,这其实也是验证自己是否动心的一个好方法:如果你在和他聊天的时候,不自觉地离他越来越近,说明你已经喜欢上他了。

☆ 八、心有灵犀需要造假

刚开始交往的男人和女人,如果发现对方的感觉、想法和自己很相近,亲近感就会油然而生。最容易感到默契或是不合的话题,一是喜欢或者讨厌什么样的人;二是吃东西的喜恶偏好;三是对电影和书的感想;四是对时尚品位的异同。所以,如果对方谈起他喜欢的某个明星、他常去的某家餐厅,或者他最喜欢的某部电影或某本书,适时

显示出你们的共同点来,会让对方觉得和你很投缘。即使你不喜欢撒谎,也不必争个面红耳赤,为此搞得不欢而散实在太过可惜了。

如果他很内向,经常需要你引起话题,谈谈双休日做点什么或喜欢吃点什么,是比较容易找到共同点的保险话题。

☆ 九、制造同路机会

如果第一次见面结束,你已经让他发现你们至少有一个爱好是相同的,就要继续趁热打铁。比较家常而且有效的做法是同一段路,比如一起乘车到某一地铁站,然后再各换各车,别看只有短短一段时间,却很能加深对方印象。但是千万不要太刻意!

☆ 十、多使用表达感情的形容感叹词

我们都知道,就算一个女孩长得不太漂亮,但如果她说话很有意思,还是会有很多男人喜欢她。但我的很多女朋友都觉得这很难,她们一般习惯的方式是有问必答,没问等问。还有的女朋友告诉我,她们最害怕聊天时出现沉默,是不是一定得没话找话?

其实最简单的做法就是多用用表达感情的形容感叹词:真好吃啊、真有意思、我也要试试……多说说这一类积极的感叹词,气氛自然就会融洽。不要想着如何高雅应对,那只会给你罩上一层硬壳。

++"第一个小时"五禁忌:++

1. 不要穿得太奇装异服;

2. 香水味不要太突出;

3. 妆容不能太未来,也不能太古典;

4. 不要戴形状很尖利的耳环(对方会联想到凶器);

5. 总体感觉千万不能很"母仪天下"般威严,也不能太过精致(男人对漂亮得像瓷娃娃一样的女子其实是有点心怀畏惧的),干净、大方,就是最好的。

38 ☆ 撒娇者无敌

撒娇可不仅仅是男女之间的小伎俩。

擅长撒娇,擅长纵容对方撒娇,擅长任性的说话方式(只限于伴侣间),擅长道歉(对方真的发火时),尤其擅长控制以上各点的分寸(要知过犹不及),这样的女孩,离尤物不远。

擅长撒娇的女孩,在工作方面一般都会很顺风顺水(不会像有些女孩那样干得累死累活还没人知道,没人领情),尤其是从事管理工作的,不学会向上司撒娇和被下属撒娇,一来别人不会找你帮忙,二来你无法差遣那些资格比你老的家伙。其实工作环境下的撒娇技巧,说到底,就是差使人的技巧。

有女友向我抱怨,说自己是天生不会向男人撒娇的性格,怎么办?其实这样的女孩很多,她们从小就很自立,也很有叛逆精神,所以从来没机会实践撒娇,久而久之,别人也只把她当做酷酷的一个人足以生活的女生。但女人的本性决定,她们还是渴望有对象撒娇的,只是不知道如何去做而已。

可以试试的第一件事是——真实地表现情绪。我们可以参考一下小孩子的表现,所谓童言无忌,小孩子想干什么,都会真实表达,不懂就说"不懂"嘛,刚刚哭了个稀里哗啦,一给他买个冰淇淋就立刻前嫌尽释，喜笑颜开，所以我们才会觉得小孩子很可爱。如果能像小孩子那样，想要对方做什么的时候就真实地说"我想要……"，觉得遗憾的时候就真实地告诉他"好可惜"，相信你会真的越来越可爱。

当然，刚开始的时候，还没学会撒娇的女孩是很难拿自己真心喜欢的对象做实验的，所以，你可以从比自己级别低的男同事或新进单位的男员工身上练起，跟他们说话的时候表现得开心一点。和他们练习的好处是，很快你就会碰到第二个问题：因为他们自觉你比他们资格老，就会不由自主对你撒撒娇，如果你觉得浑身不自在，怎么办？

不能自如地任男人跟自己撒娇的，大抵是因为有另一个自己在冷眼旁观，这时的解决办法是找女朋友磨练，女人和女人之间的撒娇很容易做到有来有往。向女朋友撒娇，和向男朋友撒娇，本质上没什么区别。而且如果是自己真心喜欢的人，女人的母性一上来，自然而然就会纵容对方了。

如果还是无法突破，那就要有针对性地看看那些爱情韩剧日剧，那里面的撒娇镜头可是数不胜数。有没有注意过那些女孩子撒娇的脸？肯定是可爱的。为什么可爱呢？因为看起来高高兴兴的（就算嘟起嘴，那也是暂时的，目的是等着对方哄，然后马上破涕为笑，一副给点阳光就灿烂得不行的没心没肺样）。所以可以先从多笑笑开始改变自己，每天心里默念"我是很可爱的女孩"，然后出门。

我自己的经验是，只有两个人在一起时，排排坐，把头靠在他肩膀上，静静闭上眼，等他开始抚摸我长发时就睁大眼作无辜纯情状看他，然后指指自己嘴唇。接完吻以后，有时会很满足地微笑，有时会作出不满状：不够不够，再来！

从他的身后紧紧抱住他，主动吻他，把他的膝盖作枕头，以从下往上的角度让对方低头吻自己,这些在闲暇时特别管用。不过要记住一点:如果对方看电视看得正起劲,完全是有一搭没一搭那种状态,还是不要凑上去黏糊了。如果那节目是你不喜欢看的,比如球赛之类,只需嗲嗲地跟他说一声:结束了你过来陪我哦。OK,可以闪人了。

☆ 撒娇 DO NOT 1

就算你们爱得死去活来,也要保证一个人独处的时间基本相当于两个人黏在一起的时间。如果你一直剥夺他的私人时空,他就会说:你很烦。

☆ 撒娇 DO NOT 2

不能只许你撒娇,不许对方向你撒娇。纵容对方撒娇的最简易方式是把自己的大腿提供给他做枕头,但假如你现在很忙,或者你两腿已经被他脑袋压得麻木,一定要温柔地正告他:现在不行,或者,能不能换个姿势? 否则过分纵容,对方会不知不觉"变本加厉",直到你"忍无可忍",最终对方觉得你对他变冷淡了。

☆ 撒娇 DO NOT 3

"你给我买点什么吧",然后狮子大开口。这时哪怕你的扮相再甜美,对方也会一寒——除非不是你真心喜欢的人,否则还是不要在金钱方面让对方掂量你。

☆ 撒娇 DO NOT 4

在对方已经对你生起气来的时候,不要用撒娇的方式找一堆理由为自己辩解开脱。理由越多,越会给人留下不好印象。可以沉默几秒钟,然后很真诚状开口:我刚才有点任性啦,你别生气了。然后轻轻摇对方胳膊。

☆ 撒娇 DO NOT 5

撒娇方式是要因人而异的,简而言之就是,不能不像你了。既有那种喜欢拖长尾音说"讨厌"的女生,也有爽朗的撒娇方式。要测试是不是像你的撒娇方式,去找自己的女朋友们,如果她们笑嘻嘻,证明 OK,如果她们一副大惊小怪的样子,说明她们其实不喜欢。

☆ **撒娇 DO NOT 6**

不要以为撒娇＝可爱＝被爱！错！这年头其实不缺撒娇过于卖力的女人,撒娇撒多了,就会习惯伪装自己,还会虚张声势,内心反而会和对方疏远。

☆ **撒娇 DO 1**

对方要挂电话时稍微黏上那么一两分钟;他有点忙但没真忙到不可开交时提出想见他;向对方提"无理"要求时配套使用软软的"好不好啦"。底线是:感到对方真的很为难时及时放弃"无理"要求。

☆ **撒娇 DO 2**

遇到困难时就喊他:你来帮我啊;无聊的时候就去找他说话。这种级别的小麻烦,只会让对方觉得他是你依赖的对象,会觉得高兴。对其他男人也可以多用"请"字(帮助男人增强自信心),语速稍微轻快一些。

☆ **撒娇 DO 3**

"我的野蛮女友"那种表现女性的蛮横和独占欲的撒娇方式还是有一定可行之处的,因为这种撒娇方式很露骨,虽然会受女同胞排斥,但对男人来说却确实有可爱的地方,男人会觉得这样的女孩没有心计,想要获得谁的爱,想给谁爱,都会用直截了当的方式体现出来。

☆ **撒娇 DO 4**

向猫猫学习怎样撒娇。不过要学小猫哦,因为猫的一生有截然相反的两种性格。要学小猫那种想独处就自顾自玩,不想独处了就去骚扰别人的样子,学它们的憨态可掬,千万别学长大以后的猫,它们懒洋洋地走来走去,根本不理人,这种唯我独尊的样子只能用在舒淇那样的美女身上,一般你我要是学去了,会很讨人厌(建议参考莱辛的《特别的猫》)。

☆ 撒娇 DO 5

向狗狗学习眼神。为什么狗是人类最要好的朋友,因为狗看起来充满爱心,需要爱,同时给予爱。狗狗就用一双水汪汪的眼睛看着人,人就心甘情愿拥有狗狗并被狗狗拥有了。

观察过吗?狗总是在一个较低的位置抬起头看人。眼睛水汪汪的且在其次,关键是眼睛一眨不眨,黑黑的眼珠全神贯注地注视着主人,一直等,直到主人抚摸它,给它它想要的东西为止,它的眼神不会逃避。女人要是拥有了这种眼神,就掌握了最厉害的以静制动的撒娇技巧!

☆ 撒娇 DO 6

"美瞳"式隐形眼镜是很好的撒娇工具。这种镜片使得女人的瞳仁好像比普通人的大了两圈,静静看人时像是写满了纯洁的欲望,乞求爱,让人不忍心不给。

而如果眼梢微微上扬,又显得特别妖媚,特别像我们女人讨厌的狐狸精,但是男人们喜欢。男人不喜欢女人在自我进步的同时也学会了矜持,放弃了直抒心意的本能,放弃了单纯的等待有人爱的姿态。

最后要强调一句:其实撒娇本无技,方法也好,手段也罢,只是帮助你找到最适合你的那一种。不背叛自己的撒娇,才能让你在很自然很平和的气氛下真心撒娇。所谓无心撒娇,娇成花。

39 ☆ 电子传情

　　某个场合,你和他四目相对,你确定你们彼此都有好感,你们交换了名片,他似乎随口说了一句:下次一起去喝茶吧。然后,你无为地等了一两个星期,发现不了了之了……这种事你是不是经常遇到,因为你不太知道怎么不动声色表达自己的感情?下一次,再遇上这样一个他,试试借助你身边的电子设备——

　　也许他当时说"下次去喝茶"仅仅是礼貌的社交用语,但你完全可以**立即在第二天写封 E-mail 给他**,和他约一约喝茶的时间(最好距离你们第一次见面的时间不超过一个星期)。如果这一次见面再次确定了你的感觉,那么,一定要主动让他明白你对他的好感。怎么做?

　　有位女友,长相平平,也不属于特别能说会道的那种,居然顺利搞定客户公司执行董事,令我们刮目相看,其实她的技巧超级简单,就是**每晚临睡前给他打一个三分钟左右的电话**。差不多三分钟时,她就会说,"晚安,拜拜",然后主动挂上电话。

　　我无法知道那男人的感受,但设身处地想一想,可能刚开始几天有点不太习惯,她怎么每天都要给我来个电话啊?但因为只有三分钟,时间很短,也不会觉得特别烦。而且慢慢就习惯了,就当这是个 evening-call 好了,接完这个电话,我就可以休息了。于是,这一通电话成了对方生活的一部分。

一个成人,在几个月里,一般总会有一两次特别失落、情绪特别差的时候,这是个非常好的契机,很自然的,他就会把自己的烦恼、想法都告诉她,于是在不知不觉中,她成了他"能说说话"的对象,这样,她就得到了成人间很宝贵的信赖,他会觉得,她让他安心。**注意:讲电话时不要总是我怎么我怎么,要始终做一个好听众**。等到有一天,他打心眼里觉得她在支持他,她比谁都更了解他时,她自然就成了他的女朋友。

其实这种电话招数和那些保险经纪人的做法没什么差别,后者也是采取不断在你眼前出现、努力做你朋友的做法使你心甘情愿掏出钱来的。

和电话有得一比的要算是电子邮件了,它特别能恰如其分地拉近距离,同时又保持一定的距离。尤其在恋爱状态尚不明朗的初级阶段,对那些在工作场合认识的男人而言,手机短信就显得有些暧昧轻浮了。

一般而言,喜欢阅读文本而不是喜欢漫画等视觉形象的男人,对邮件的好感更甚于电话。如果他对你也有点意思,他会特别注意你的邮件措辞,从而判断你对他是不是也有意思,他是不是可以约你。

对现在大部分办公室女孩来说,认识男友的机会往往来自于工作场合,开发了一个新的客户,去对方公司拜访,见到一堆人,大家交换名片,然后就会因为工作关系,时不时地和某几位经常见面,如果在这一过程中,你对其中一位产生了好感,但同时也会担心,如果向他表白,万一被拒,以后的工作还怎么做?又担心万一自己不说,而他这时又确实没有女友,白白失去机会,以后又会后悔……这时候该怎么办？试试电子邮件。

++ 第一步:问他要私人邮箱地址 ++

名片上虽然印有邮箱地址,但往往是公司的,一来容易泄密,二来,看工作邮箱的心情和看私人邮箱的心情其实是不一样的,对方很可能会疏忽掉。

可以先告诉他你的私人邮箱地址,一般对方都会顺理成章告诉你他的(如果他有的话)。

给他的私人邮箱发信,本身就是一个你想缩短两人距离的信号。

不要用很公事公办的口吻,不要长篇大论,刚开始的一两封邮件,可以转发一些有意思的小文章。其实,所有的爱情都是在废话里冉冉升起的。平时开工作会议,是很难拉近两人距离的,所以邮件里就写点生活废话好了,可以从你们熟悉的工作领域的新闻话题开始扯起。但同样是废话,有让人高兴的废话,也有让人心烦的废话,你的"废话"倾向于哪一种?

自我检测

■ 有时觉得压力很大,有时又觉得活着是件特别高兴的事儿,总之是个感性的人;

■ 以工作为中心,所以每天都觉得很累;

■ 设定了邮件提醒,一收到邮件即时回复,当然也希望对方能越快回复越好;

■ 身上同时带着两个手机,一个是公司发的,一个是自己用的;

■ 遇到不开心的事很容易影响到工作。

上述五种情况,要是你符合三种以上,就要注意啦,你可能没有很多属于自己的时间,也可能太易感,太容易有压力,因此你往往无暇去深入揣摩对方的心情,又很容易想什么就写什么告诉他,结果没有意识到应该和对方保持距离保持温度差,导致对方觉得你很自说自话。

++ 第二步:问他要手机号码(如果他的名片上只印了公司电话和分机号码……) ++

"万一有什么事急起来需要决定,我能找得到你……"

这个号码在初级阶段不需要派上用场。合作告一段落或者有所进展(有理由私下庆贺一番)的时候,以集体搞活动的借口打给他,通知他参加(当然,你是那个当仁不让的组织者)。如果他听起来心情很愉快,不妨拉扯点家常话。然后,遇到节假日,就可以向这个号码发送一些温馨、祝福的话,当然,得自己用心写,而不是去下载了来。基本上,如果对方确实也对你有好感,就会即时接上你发送的"翎子"。

短信,因为随时随地都可以传达你的心情,所以尤其要注意节制。有些女生,一天 N 条短信,比如"我在吃饭,好想你";"经过我们散过步的花园,好想你"……类似短信一多,你的真情就显得特别不值钱(如果你们都还是花季少男少女,或者对方初出茅庐,算是例外),而且对方会觉得你很以自我为中心,并隐隐觉得你有些麻烦。

☆ **不要要求对方即时回复你**

不是每个人都像你那么有闲,你要考虑一下对方现在在干什么,是不是不方便回你,而不要立刻发条短信过去兴师问罪:你怎么不回复我?

2☆ 不要总是在短信里写"对不起","不好意思","是我错了"这类负面句子

就算是你不对,也要当着他面告诉他是你做错了事,在短信里写,尤其当对方一时半会儿气没消,没有回复你就一个劲地发送"对不起",会在对方的潜意识里造成你比较卑微的印象,这对以后两人关系发展不利。

相反,"谢谢你","多亏了你"这类表达谢意的话倒是多多益善,它们会大大改善别人对你的印象。

3☆ 如果你交往的对象是熟男,可以用但一定不能频繁地用那些复杂的图像

很多女孩很喜欢发送那些符号拼出来的图像,但是有喜欢这类的男人,也有对此毫无感觉的男人,而且要提醒一点,如果你们之间经常用这些符号传情,你们的交往一般只会停留在很浅的阶段,他可能觉得你很可爱,但他很难爱上你。

4☆ 如果你心情不好,喝多了酒难受,不要在这时给他发短信

这是太多肥皂剧的情节,现实生活里,如果对方自己不经常酒醉,没有这种感同身受的体验,他是不会因同情而怜惜你的。相反,他还会觉得莫名其妙,并很有可能觉得你和他并非一个类型。

5☆ 不要在手机短信里写抒情长文

对方打开一看,是那种爱意深重的长文,分了好几条短信发过来,你让他回复什么?也像你一样报以长文?如果他简单打几个字告诉你知道了,你又会失望,所以何苦?如果你有要事、有很深的感情想告诉他,就直接、简单地告诉他你想和他见面聊聊。

6☆ 随时都可以? NO!

因为不是电话,很多人就觉得短信什么时候都可以发,深更半夜或者大白天,想到就发一条,"你现在在做什么呀",自以为很关

心,但对方却会觉得你好像是在"监视"他一样。

以上举的都是些 DO NOT 的例子,什么是我们该 DO 的?

1. 在短信里告诉他对他来说比较重要的某个信息;

2. 很高兴的语气;

3. 让人看了很有信心,总之能鼓励到他支持到他的句子;

4. 写他看了会觉得有共鸣的内容;

5. 写他让你感动的一个小细节(或者你想念的他的某个动作);

6. 会让他看了忍不住低下头微笑的内容。

40 ☆ 余音绕梁

有天看到一篇文章,大意是男人发现女人独自一人时,就一定会去看她的眼睛,从而判断跟她是否会有故事。作者的结论是:

> 如果女人想让男人对她一见钟情从而发展成恋人关系,四目相投的基本功自不必说,还要掐好秒数,超过三秒,对方会觉得你打算赖上他了,就会本能地想逃(关系敲定后当然随便你,爱看多久看多久)。最佳做法是 1.5 秒的相互凝视,然后低头看其他地方,但是嘴角要突然开出一抹微笑(满脸都是笑也不可取,看起来很不自然),然后再和他眼神相对。

这个技巧着实值得击掌赞叹,单是那抹微笑,足以制造一次对话。类似这样的技巧,在爱情生活中不可或缺,我称之为"余音绕梁"。

有次在美甲店听见一个女人抱怨,说是男友不像刚开始几个月那样体贴她了,对她爱理不理的,她怀疑他有了新欢,也有可能和前女友死灰复燃。男友突然冷下来,任谁都会心里不安,但是光抱怨没有用,也得站在男人立场上想想。

问过不少三十岁以上的男人,生活中最让他们操心的问题是什么?几乎人人的回答都是工作,鲜有回答爱情的。可是女人们还是忍不住问男人"想不想我?想不想我?"就算早晨他离开时照章办事给你一个吻,一出家门,门在身后一关上,可能就已经把你忘掉一半了;等到上了交通工具,估计已经全忘光了;到公司门口时,满脑子想着的可全都是今天要干的活了。

对男人来说,想一个女人,很难主动用大脑想,一般都是某一瞬间,什么东西触动了身体的感觉器官。比方说,突然闻到了同一种香水味。不过这种"想"很危险,没准会促成一桩外遇。就算真的只想到自己女友,也顶多只有几秒钟而已。

所以,得训练男人主动开动大脑想到你。

甜言蜜语肯定管用,我自己最常用的一句是"想你早点回家抱我",可以在他出门前说,也可以发短信给他。类似的句子女孩子们肯定能想到很多,但短信宜短不宜长,最长不要超过十五个字。当然,一天顶多使用一次。

遇到他出差,不能一起过夜的时候,临睡前一定给他发条短信(如果你不能确信他正在宾馆床上百无聊赖看电视等你的电话,还是发短信比较合适。一来避免自己听到一些热闹声音而情绪失控;二来,万一他正在工作状态,不至于听他敷衍)。有个女朋友有段时间爱上有妇之夫,每晚都只能一个人寂寞度过,心里自然有一肚子的凄苦和绝望,于是她经常会发这样一条短信过去:"至少给我一个电话吧,听不到你的声音我睡不着。"

那男人不久就痛下决心和她说拜拜,回到老婆身边。

照我看,那条临睡短信太有问题了。设身处地,你是那个有家男人,为了满足小情人这样一个看起来微不足道的愿望,你得撒多少谎,绞尽多少脑汁编个深更半夜出门遛一圈的理由啊。我另一个女朋友就很懂得男人心,她们几乎在同样处境,她却这样写短信:"昨天晚上你给了我一个电话后,我睡得好香,好像你就睡在我身边一样。"她告诉我,是"你给了我一个电话"还是"我们通话",她都掂酌了很久。在她看来,前者会让男人觉得主动权在自己手里,而后者会让男人潜意识感到受威胁,觉得她有可能会主动打电话破坏他的家庭。

当然,一年半后那男人就自己破坏了家庭。

41 ☆ 身体会说话

即使两人一言不发,你的身体也在向对方倾诉。我们都知道,当你肩膀向对方前倾,就在表明"我在认真听你说话呢"、"我对你有兴趣",所以,身体语言其实是心的语言。

不过,同样的身体语言,落在不同人眼中,解读出的信息却很可能大相径庭。比如同样是微微含胸,有人觉得很阴郁,有人却觉得很放松;趴在桌上,可能让人觉得很天真可爱,也可能是在暗示你觉得无聊;两条腿交叉叠起,既可以等于性感,也可以等于女强人……

究竟身体怎样说话,才能无论男女、无论哪个人、不管什么场合,都为你带来良好的第一印象呢?

1 ☆ 视线

有句老话说"眼睛是心灵的窗口",其实光看眼睛,只会越看越不安。因为眼球不会变幻形状,没有任何表情可言。平常我们说的"眼睛会说话",离不开眉毛和眼睛四周的肌肉,尤其是看人时的视线。

如果你想向对方表达你的情感,视线最好保持平视或上扬(对方如果是男性,通常会比女性个子更高一些)。决定视线的是下颚的位置,如果后颈肉过于绷紧,下颚内收,视线就会给人一种阴沉的感觉。在说话的时候,或前或后,或左或右,缓缓转动你的后颈肉,会给人放松的印象。

见过一些女生,初次见面时,总是不时把视线掉开,我想这不是因为她讨厌我或者不讲礼貌的缘故,可能只是紧张或者不够自信吧。有意思的是,我有些女朋友,说是第一次见客户反而不会这样(因为有很多关于工作的话可说),但在聚会上认识新朋友时,却会因为找不到话说而感觉尴尬。我的个人经验是不用勉强没话找话,只需要在问好、交换名字时看着对方眼睛,微笑,语速尽量舒缓(会显得不慌不忙),就能保证对方对你印象良好。

在路上经常能发现这样一些情侣:男人看着前方走路,女人有时却会回头看擦肩而过的其他时尚女性,或者看着橱窗里的漂亮衣服恋恋不舍,那一瞬的视线,大部分都不敢恭维,有种贪婪相,我想如果身旁男友看见,恐怕也不会联想起平日的可爱样吧。所以,女人走神时的视线,也该训练训练。

2☆ 嘴唇

嘴唇才是真正会说话的身体部位。只要嘴角上扬一毫米,就能把你的脸变得和蔼可亲;嘴角下垂一毫米,立刻显得满脸不耐烦。问过一些男性,说是看到女生嘴角上扬,真的会瞬间失神。

时尚杂志上经常有各种唇膏广告,但我个人建议,只用一层透明唇彩打造"素唇"效果。大部分男人还是喜欢健康的唇色,当然还要有跳动感的光泽(会给人跃跃欲试的暗示)。因为是"素唇",很容易"诱使"对方想碰碰试试。所谓"回眸一笑百媚生",在那一笑的瞬间,由你的唇上开出花来,这应该是男人觉得你最有女人味的时候吧。

不过,在有些场合,有些笑却是不合适的,比如在办公环境下——

男生小调查：你最讨厌的笑

■ 一看就知道是装出来的笑

■ 用鼻子笑（明摆着看不起我，把我当傻瓜看）

■ 笑得很软很暧昧（一来我是异性，容易有不必要的误解；二来显得她很没自信）

■ 笑起来"天崩地裂"一样，很夸张（不够优雅）

■ 嘴笑了眼睛没笑（说明心里压根不想笑）

男生小调查：你最讨厌的脸部表情

■ 没什么表情

■ 嘴巴张得很大的时候

■ 嘴角向下撇的时候

■ 张嘴打哈欠

■ 经常紧皱眉心（都有很深皱纹了）

■ 看起来很累的样子

♂☆ 左右交叉

变身魅力女性，有一个很简单的技巧。如果大家留心看影视作品中那些不张扬却能使男人为之死心塌地的"暗骚"型女星，会发现她们的双手很少交叉抱在胸前，而是交叉使用。比如在临窗远眺时，就用右手抚住自己的左半身，或是把左手搭在自己的右肩上；右面的耳环用左手去摘（不信试试，就这么一个小动作，会比用右手摘右耳环有味道得多）。有一次看动画片，片中的女孩摔了一跤，伸手去揉屁股时也是用左手揉右面的，不仅不轻佻，相反还显得很可爱。

这一招特别适合用在咖啡馆，用左手拿自己右前方的东西，或用右手拿左前方的，总之需要用到手时，让它越过自己的身体中心线,就会显得优雅,别有韵味。一定要在镜子前练习一下哦。

4☆ 模仿对方

有个词叫"夫妻相",我想不是因为时间久了,两人的脸真的长成了一个样子,而是因为彼此真心相爱,互相交流时会无意识地重复对方做过的动作,久之,行为举止变得十分相似。这给了我一个启发,当我们在和对方说话的时候,如果时不时将对方刚刚做过的小动作立即重复做一遍,应该会让对方觉得格外亲近,视你为同道中人,想获得对方的心也就变得轻而易举(因为对方会觉得与你心有灵犀)。

说是模仿对方小动作,可不是让你从头模仿到尾(那样只会让对方讨厌你,觉得你是在取笑他),必须在恰当的时候重复,而且你做这个小动作的时间要比对方来得短。比方说,对方擦擦鼻子,在他之后,你也飞快地摸一下鼻子。这个技巧说易行难,最好拿自己的家人当练习对象,当他们不再意识到你在刻意模仿时,就可以出门实践了。刚开始的时候,半小时里重复一次,也就够了。

5☆ 手

手与手轻轻一碰,有时胜过万语千言。对方开车,你坐在副驾驶位置,在等红灯变绿灯的时候,你的手轻轻滑过去,握住他空下来的那只手,我想,没有男人会反感这样的举动(前提是你们已经开始了约会)。或者在汽车行驶过程中,突然满眼灿烂灯火,或是音乐动人的瞬间,你的手轻轻盖上他的,几秒钟后很快缩回(可以补充一句:"不影响你开车吧?"),如果他对你有好感,十有八九,在等待下一个绿灯时,他会来握住你的手。

在人群拥挤的街头,你和他被挤散了,这时追上对方,一把握住他的手;

在红灯就要变绿灯的前一秒,握住对方的手一起过马路;

刚开始约会,之前手都不曾牵过,在看电影的时候,"无意中"你裸露的手腕碰到了他的;

　　写字的时候,左手微微团起,显出孩子气的女性化……

　　可能女同胞们会觉得这些瞬间很傻,但就是这样不起眼的一秒钟,却会在男人的心上擦出火花来。

　　被女人这样主动轻轻碰一碰手,男人的心情又是怎样呢?

　　● 如果他喜欢你,却还不曾对你表达——

　　"好高兴啊";

　　"高兴得想大喊一声";

　　"那一瞬间会觉得生命很美好";

　　"很浪漫";

　　● 如果他刚对你有些好感——

　　"心跳的感觉";

　　"被女人追,很幸福";

　　"有点被感动,这应该就是恋爱吧";

　　"应该轮到我了";

　　● 只是普通朋友——

　　"也许我会喜欢上她的,想多了解她一点,总之,不会讨厌她";

　　● 并不喜欢她——

　　"要注意保持距离,不能被其他人看见,会有误解";

　　从男人们的答案里可以看出,女人主动碰一碰对方的手,不像主动献吻那么"严重",所以即使被拒绝,也不会特别难堪。

　　不过不管什么场合,建议从他手腕的后部握住。因为如果是从前面握,你的手腕就势必在他手腕的前面,一般女性走路速度会比男性慢,这样就会显得很别扭,不协调,会引发对方下意识地觉得你们不够默契。

6☆ 站姿

和他约会的日子,你比他早到,你用什么样的站姿等他,让他在汹涌人群中一眼看到你,并觉得你比周围谁都美? 显然是站出S形优美曲线来(S形不是对身体好的正确姿势,但对增添女性魅力却是必不可少)。

如果你两条腿站得笔笔直,会显得你很强势,不建议约会时如此;

软软靠在什么上面,倒是挺舒服,但在对方看来却会以为你身体不舒服;

将重心放在一只脚上的站姿最为诱人,但要注意,不要让身体东倒西歪。

7☆ 坐姿

如果你跟他刚开始约会,吃饭喝茶时,建议你不要坐在正对他的位置,而应该坐在他手边和他成 90 度的那个位置。有数据表明,在不相熟的人中,对方身体冲着自己的面积越大,就会越感到紧张。但如果只能坐在他对面,可以稍微改变一下身体朝向,变化一下脸的角度或者手的位置高低等。

8☆ 走路的时候

比对方慢 1/4 步,是最合适的位置,可以很方便主动地牵对方的手,可以很容易靠上去,也很方便触碰到他。如果就走在他旁边,中国女性的脸正侧面不如稍微偏后一些的侧面来得好看,看起来会很扁平。

9☆ 送礼物时的身体语言

生日、圣诞、情人节,如果你有心仪对象,这天可是缩短你们心灵距离的绝好机会,给他送上包含你情意的礼物吧,但是,怎么给,可有讲究。

■ 如果你微微含胸,对方就会知道,你心里很没底,有点不安;

■ 不管是装在纸袋里的,还是有包装盒的,或是薄薄一个信封,都要用两只手送上;

■ 如果只是你暗恋他,可以在给礼物时把手臂伸得笔笔直,会显得手很长(有一种天真的脆弱感),同时也使你们之间的距离达到最远(表达出你为他害羞的心情),这样送上礼物会让对方心忍不住一颤。低着头,肩膀收在身体两侧,一点点驼背,更能表明你的紧张情绪(只需片刻,倘若始终都是驼背,只会让对方反感)。但如果头低到对方看不见你的表情,可就做了无用功。所以脸还是要很勇敢地上扬,让他清楚看出你想说的一切;

■ 如果你想豁出去,让对方主动与你靠近,给礼物时曲起肘来,肘和身体成 90 度时你们之间的距离是最近的;

有位男性朋友跟我说过最让他难忘的圣诞礼物:女孩在给他礼物时靠近他,说道:"还有我……"说完她很快就消失了,但是在他一个人一层层宛如脱衣般打开礼物时却不由得因为那句话浮想联翩了很久,后来还真让那女孩做了自己女友。这个方法在私下场合不妨一试,还是很性感的。

送上礼物后,别忘了附送上你的微笑,会大大增加他对你的好感度(我自己有过因为紧张怎么也笑不出来的经历,所以一定要多练习表情肌)。

男生小调查:你最喜欢的身体语言

■"送她到家门口,当她对我说'今天我好开心'的时候,眼睛会扑啦啦一闪。"

■"她吃东西的样子,让我觉得她吃得好香,就会很想对她好,多宠宠她。"

■"吵架和好后她的微笑。"

■"做饭时很娴熟的样子。"

■"约会时她小跑着过来,让我觉得她想早点见到我。"

■"洗完澡后她悠闲地梳头发的样子。"

42 ☆ 真心喜欢,就去抢!

有位女友前段时间很痛苦,因为她爱上的男人已经有女朋友了(那女孩也算是她的点头之交),据她说,对方也很爱她,大有相见恨晚之感。我的建议是,如果彼此真心喜欢,那就去把他抢过来。

"他已经有女朋友了……"这句话在我看来无非宣告了一下"所有权",眼下他是别人的"东西",就此放弃,不要别人"东西"的女人,从不破坏人际关系的角度来看,确实做出了正确的选择。但如果两人真心相爱,或者你感觉到了某种指向未来的可能性,也就是说,以长远眼光来看待两人关系,现在的放弃恐怕未必是个好决定。

我相信很多善良的女人很想逃避"让别人分手,让自己快乐"这种心灵压力带来的痛楚,但这种痛楚往往是短痛,等到他和你在一起时,立刻就会好了伤疤忘了疼(因为归根结底,那是别人的伤疤)。但如果你们明明相爱,你却放手,可能你一生都不会忘记这种心灵的钝痛,这种钝痛很容易影响到你以后的婚姻生活。"我曾经有过一段难以忘记的感情经历……"过去我做情感咨询专栏主持人时,看到的很多来信都有类似开头。于是有了比较,有了失落,很有可能某个契机,比如见到酷似当年对方的某人,难免出轨。

有位心理学家说过一个案例:一位母亲生下的儿子是天生自

163

闭症患儿,后来他发现,是这位母亲一直隐藏着一个秘密,她年轻时曾深深暗恋过一个男人,但她对谁都不曾吐露,包括后来自己的丈夫,结果儿子受了这种压抑感的影响。

换个角度思考,你的介入就像试金石,无非验证出原先的一对存在问题,你促成他们分手,也许正好成全了三个人真正的幸福。

从心理健康的角度看,如果你很了解对方女友情况(这当然也可以验证出你喜欢的那位是否真心喜欢你),进而主动积极促使对方分手,一般都会对对方前女友心怀歉疚,产生负罪感,嫉妒心也会控制在最低限度(这对你将来是否会怀疑一个男人将产生重要后遗影响)。但如果你只是被动等待,则难免会生出怨恨之心来,"她为什么就是赖着他不肯放手?"我那位女友就不止一次地向我抱怨过。这样一来,原本健康的爱人之心也从正常的占有欲上升到了破坏欲——"我真希望她出事死掉"——她说出这话让我瞠目结舌。

但"抢人"还是得注意一些事情。比如对方已婚的情况下,千万不要让对方把离婚原因归结到你身上,有些女人乐得男人那么说,认为这是他爱自己的表现,结果被虚荣心冲昏了头脑,日后男人但凡有一点不顺心,张口就是:"我当年都是为了你……"闭口就来:"要不是你让我离的婚,我会怎么怎么吗?"不仅男人一开始这么说以期讨好你时要说明清楚(可以用撒娇的方式:"你们自己可是有一堆问题啊,现在问题总算解决了,你也可以正大光明地追我了。"),对自己的亲朋好友也不要提及。"他离过婚",这么一句就足够了,免得别人背后把你说成狐狸精,日后万一重蹈覆辙也只落得"活该,谁叫她当年抢别人老公"这样的刻薄话。

第二件注意事项是你在抢前要确认,对方真的非你莫属时才动手。免得你自己兴兴轰轰闹腾一场,完全搞破坏不说,还让人家夫妻同仇敌忾并肩作战了一把,何苦?

永远记住自己为什么抢——是为了自己的幸福。

43 ☆ 决定性的内衣态度

你对内衣的态度,也许决定了你的爱情生活质量,信不信?

有个挺光鲜漂亮的女友近来发现丈夫有了外遇,对方无论长相身材和她都不是一个档次的,她跑来诉苦,夜深了就在我这里休息。她换睡衣时我惊讶地发现,外衣搭配得很是精致优雅的她,内裤居然是超市里十元一盒三条的货色!

我问她,还记得第一次和丈夫上床的情景吗?她说记得,那时她还在念书,二十来岁,知道自己当晚会留宿在那里,特地去学校附近的商场选了漂亮内裤(黑色蕾丝上缀着红色小花),因为时间紧,都没来得及洗一下就换上了(这一点可不提倡),因为那时她觉得,一条漂亮内裤,可以为他们的爱情加分。我再问她,那你什么时候开始不再重视内裤了,只要求它能穿就可以呢?她哑然无语。

漂亮内裤,其实是对自己伴侣的一种礼节,是对两人之间爱情的一种尊重。即使已是老夫老妻,还是要让他知道:你每天都可以看到我充满魅力的身体,这是为你准备的。

我女友的错误,你有没有呢?

■ 你不知道他喜欢哪种类型的内裤,或者你尽管知道,但却一

165

条都没为他买了穿上过。

■ 你的内裤颜色很单一。

■ 最近半年内,你不曾买过一条想用来诱惑他的情色内裤。

■ 你的内裤不穿到破就不会想到买新的。

■ 你特别迷恋有修正体形功能的内裤(绷裤或者提臀裤之类),哪怕它紧得连只手都很难塞进去。

■ 你觉得反正内裤外人不会看见,能穿就行。

■ 你从来没考虑过内裤可以随着季节、心情的变化而变化,对你而言,一年四季都能穿的内裤才是好内裤。

■ 再好的内裤你都直接扔进洗衣袋里机洗,手洗多麻烦呀。

■ 你的内裤总是挂在他一眼就能看见的地方晾干。

……

我总觉得,婚姻生活中最忌讳的一是女人完全没有了害羞心,二是失去新鲜感(适度的距离感)。我的女友反驳我,说那样在乎内裤,很累。于是我建议她,至少要买三类内裤:

用来诱惑先生的;

功能型的(对付小肚腩的塑身裤、掩盖内裤痕迹的 T 字裤一类);

舒服型(尤其是经期时,黑色宽松全棉的,对自己好)。

其实,让你爱的人能始终爱你,是一件需要花一辈子持之以恒去努力的工作,不要觉得是亲人了就忽略了他的性别需要,你们再亲,在他眼中,你始终是一个女人,而不会是他妈他姐之类。

44
☆ 窝边草，怎么掘？(同学篇)

读研一年，发现系里多了好几对"老乡配"、"同学配"，一开始觉得好笑，他们在地方上相处多年，怎么非得到上海来才擦出火花？后来一聊，答案几乎都一样，越是"窝边草"，越能像温暖的台灯一样，让她们心里暖暖的。其实，能延续经年的异性之间的友情，多少有点类似家人的亲情，由此步入婚姻，应该算是捷径。

掘"窝边草"的时机不外同学会、同学的婚礼或是回乡、返校的火车上。不过，不是所有"窝边草"都可以掘出来吃的，据我那些同学的经验，"窝边草"们都和自己一起分享过至今为止最重要的人生时刻，也就是说，原本就是可以信赖的朋友。但如果不幸"分享"的是自己很讨厌的一段记忆或是时光，基本没戏。

发现了合适的"窝边草"，怎么掘呢？最好的工具就是对话了。但如果只是说些很世俗的话题比如炒股买基金移民之类的话题，也基本没戏。所以，还是暂时忘记你们已经是成年人为好。比较合适的"返老还童"话题总结下来有这么一些：

一起在卡拉 OK 唱过的歌(或是两人都很喜欢的那时的音乐)；
以前经常去的地方；

167

那时最好笑的一件事；

当时彼此的绰号（确保那绰号没伤害过你们自尊心）；

如果是在家里，找出那时的照片一起看，也很合适。

在向那些成功吃掉"窝边草"的同学取经后，发现有些话真是举重若轻：

"……你不说我都忘了，真想回到那时候呀，看来得经常见见。"（这属于明诱）

"你要是不忙，经常出来玩玩吧？"不过这样明诱往往招致对方反问："就我们俩吗？"这时就只能单刀直入了，"很怀念那个时候，和你在一起，就像回到那时候一样，我很开心……"

也有"打蛇随棍上"型，有次一帮同学聚会，在座的只有 A 女和 B 男没有恋爱对象，同学们就开 A 女玩笑："B 男那么难搞定，还是交给 A 女你吧。"没想到 A 女立即接话："我们俩真要成了可多省事，连朋友圈都是现成的。"据 B 男"交代"，正是 A 女这句话，让他突然意识到，两人的关系完全可以再进一步。

还有"诱敌深入"法，"我也谈过几次恋爱啦，可觉得和你在一起就是不一样，以后就算你结婚了，我也希望能像现在这样……"据说超过半数的"窝边草"会立刻跟上一句："那你做我女朋友算啦。"

当然更有不显山不露水的暗示，"我们认识有多久了？一般谈恋爱的，也就三五年吧，我们在一起的时间，比他们多多啦。""今天玩得真开心，还是因为和你在一起啊。"这种暗示的好处是万一对方无心，不会伤自己面子，坏处是万一对方很迟钝，往往需要你继续暗示（比如充满爱意的眼神）才能接上翎子，否则他会来上那么一句："是呀，我们都那么多年朋友了。"

不过我个人最欣赏的是"豁出去"法，"再这么下去，我会爱上你的。"索性赌一赌，只要一分钟，立见分晓，看他到底是回答你，"那我们就隔一段时间再见好啦"，还是"那更要多见见"？

45 ☆ 窝边草,怎么掘?(办公室篇)

把男人女人集中在一个大空间里干活,这就是办公室。

男女搭配,干活不累。这是老话。日久生情,日久见人心。这些也是老话。不过,看中了一棵窝边草,怎生向他表白,才不至于万一被拒也不会颜面尽失搞得要跳槽?

有女友告诉我,现在的办公室男同事大多会打太极,一起唱卡拉 OK 可以,一起出去吃饭也可以,但左右不说"我喜欢你,做我女朋友吧"。她在一家软件公司工作,男同事们都是搞技术的,年轻,却又没什么恋爱经验。我劝她,为什么不自己主动出击?从工作上找个切入点,等对方谈得兴起慢慢转入私生活的话题,逐步让对方感到她是可依赖的,也许就水到渠成了。

☆ **向同事表白需要学会自嘲**,表明心意后要紧接着表明自己是金刚不坏之身,即使遭拒也会照样嘻嘻哈哈,这样对方心理压力不至于太大。一旦被拒,就摆出一副天要塌下来的悲伤面孔,或者死缠烂打,相信同事只会避之不及。而且以开玩笑方式表白有一个好处,就是真真假假,可以表白上 N 次。但如果对方是非常严肃地拒绝,也就是说,一点希望也没有,以后再见他,就要很严肃很自重。

☆ **不要一表白就说"喜欢你"**,而是问问他周末要不要出去玩,当然,只有你们俩,看看他表情再做判断。如果他对你同样有好感,一般都会欣然接受。出现在他面前的你,最好也与在办公场合时形象迥然。

☆ **不要用办公室的电话或是电脑表白**(被人不慎从分机中听到或情书被传阅的危险性想必大家都知道)。

☆ **表白前要做足功课**。有女友在一家千人大型企业工作,和窝边草分手后才知道,在她之前,已经有五个失败案例,结果成了别人的八卦对象。

☆ **如果你工作时和恋爱时是一副面孔,建议你不要吃窝边草**。

☆ **问问自己是不是善妒的类型?** 看见他和其他女同事说话,会不会烦躁得连工作都做不下去?

☆ **是不是会走极端的性格?** 万一被甩,会不会做出在办公室大吵大闹的事?

☆ **即使同一间办公室里合适的窝边草有很多,但你一定只能选择一棵,且失败后不要再作他想**。男人职场上的一大忌讳就是"绯闻",两人都是第一次也就算了,好歹算是浪漫;如果他知道你之前已和他人有故事,一般都会觉得很麻烦,甚至连朋友都不想与你做。

☆ **如果你脸皮很薄,不想被人八卦,也劝你打消念头**。

对男人来说,办公室恋爱其实还是很刺激的。再投入工作的男人,一整天都只想工作的事?回答肯定是不。不管什么男人,放松的那一瞬间,一般都会想起女人。如果是经常在眼前晃的某出色女同事,基本都会在心里想上一想。但男人有个本能,就是会在瞬间判断，对方是不是自己喜欢的类型。

有位男性朋友告诉我，每进一家新公司，他就会立刻浏览一番众女同事，基本上十个里面会选出一个做自己的暗恋对象，对那一个就会特别上心一点。

还有位男性朋友说，爱笑的女同事最让人心动。女人一感到有压力，脸上就会表现出来，那种暗淡的不耐烦的灰气会持续很久，在那些女人当中，独独你不管遇到什么，都能笑脸相迎，相信会为你增添双倍的光彩。

有位女友在银行上班，按规定需要穿制服，一年以后她和自己的上司结了婚。喝喜酒时别人问新郎，那么多女孩，为什么挑中她？说是她穿制服很好看，但她每天下班换上私人衣服时更能让人眼前一亮。看来，对时尚杂志的投资还真是必不可少。

46 ☆ 做个善妒的女人

把嫉妒比作辣椒粉有点俗,但若用对分量,确实能给爱情增加鲜味。而且不管男人女人,谁在爱情里不会嫉妒?

在 MSN 上问了一堆男人,共同答案是:倘若是自己真心喜欢的女人,再怎么嫉妒都能容忍(就算女方因为嫉妒背着自己偷偷采取了某些行动,比如跑去约自己的初恋情人见面聊聊,那也只有叹气的份儿)。

不过据我个人经验及观察所得,单就对女人嫉妒行为的反应而言,男人存在先天"恋爱基因"的差异性。差异大致可分成两类,一类是完全无感,无感到无论女人"因妒生恨"做出了什么"令人发指"的事都会认为这是爱情的表现。我的男友有天晚上郑重其事找我出去谈话,说是前女友想吃回头草云云,说完见我一脸平静,立刻断定我不够爱他,理由是,他已做好被扇两耳光的准备。也就是说,确实有那么一类男人,会因为你的不够嫉妒而嫉妒!

而另一类男人,哪怕你只是稍有流露,立马就会把不快明显写在脸上。

所以,先请确定自己是否属于嫉妒型,然后在相识阶段就确认对方的嫉妒类型,再决定可否进一步交往以及交往过程中使用的

172

"嫉妒量"，这样可以为可能存在的将来减少很多不必要的痛苦。

当然我们也常常会听到这样的分手辞令："你太容易嫉妒了，我觉得很累，还是分手算了。"仔细分析一下，男人什么时候会说出这样的话？大抵都是心里已经不爱了，或者就是两人还处于刚确定恋爱关系没多久的不稳定状态(尤其这一阶段，女人没分寸的嫉妒往往会给摇摆不定的爱情小火苗兜头泼上一盆冷水)。

什么才算没分寸的嫉妒呢？我的男性朋友们这样告诉我——

1. 故意冷淡男人的暗战行为。在你单方面断定他花心后，阴沉着脸一声不吭。一般而言，他只会尝试几次主动跟你搭腔，要是你继续保持沉默长达一小时，他就会开始失去耐心和道歉的好脾气，尤其是在他睡眠不足或者忙得不可开交的时候。他宁愿你什么事都挑明了跟他大吵一架速战速决，好过面对一只闷葫芦让他费劲猜。

2. 他晚上确实出去和客户见面谈事了，期间却不断接到你打去的名为"关心"实为查岗的电话。自己光明正大却无端遭人怀疑，自然暴跳如雷。

3. 他和一帮久违的"狐朋狗友"聚会，吃着喝着正在兴头上呢，接到你或幽怨或愤怒的电话："有没有我，对你来说，一点都不重要！"

4. 完全没有任何理由地敌视他的所有异性朋友，还把这敌意表现得很明显很露骨。

5. 偷看他的手机。不过这一点得具体情况具体分析。一般来说，如果这个男人没做什么亏心事，而且打心眼里爱着你，基本不会生气。如果他确实做了什么出格的事，肯定会因为心虚跟你发火(火越大越能基本认定出轨事实)。

6. 总是不希望跟他一起参加集体活动，只想和他过两人小世

界独占他。

7. 男人还没搞清楚你到底是为了什么吃醋，你就已经突然玩起了失踪，不知道你去了哪里，手机也处于无法接通状态。 好容易找到你了，你却拒他于千里之外，非常冷漠地给他一对大白眼。要知道，不让男人开口解释或者不让他把话说完说清楚，真比杀了他还难过。

8. 男人也许确实做错了什么，你却一点面子都不给，立刻在大庭广众众目睽睽之下一把鼻涕一把眼泪地控诉起来。 其实这时你更应该采取一副"泫然欲泣"表情，男人见你如此柔弱，内疚之心大盛，保护欲望自然也强了，肯定很难离开你（哪怕他已有外心）。

女人，请反省一下，有没有过类似上述嫉妒行为？一次两次，男人会原谅，次数多了，对方一定萌生去意。而且很有可能，正是你的嫉妒把他逼到了别的女人身边（类似激将法），他会想，反正我怎样解释你都不会信任，索性出墙给你看。

嫉妒过了头，肯定会扼杀爱情。但也决不可因噎废食，一点不嫉妒。嫉妒过了头，就是放多了辣椒粉，把原来爱情的味道全盖掉了；可要是索性不放，又会让男人觉得有点像白开水，寡淡无味。说起来男人好像有点"犯贱"，有时候女人为了显示矜持、大度的无动于衷，反而会让他们感到寂寞。

什么情况会让男人觉得他没在恋爱？

1. 在他看来双方感觉都不错的一次约会，或者假期旅行回来后，一天过去了，两天过去了，你连一个电话一条短信都不主动给他，他会认为自己可有可无。 因为看起来，就算他就此失踪，你也能过得挺好。

2. 他告诉你有别的女孩向他主动示好，你听过就算了没任何

表示。相信我,绝大多数男人内心都曾希望,有女人可以为他而战。

3. 你从来不告诉他,没有他你很寂寞,或者你很想见他。每次都是他提出了你默默接受。这种状态要是持续超过一个月,他一定会怀疑你压根不爱他,只是不忍伤害他而勉强和他在一起。

4. 你信奉"谁先心动,满盘皆输",他也信奉。两人拼了半天,他终于败下阵来,放弃自尊跟你说他很寂寞很想你陪,结果你冷静回复:"这才分开没几天,你怎么又想见面了?"

5. 分开好些日子,终于见着了,他坐立不安按捺不住地想和你亲热,你却聚精会神埋头于工作学习,一副正襟危坐完全忘他的境界。

6. 吵完架后有段时间彼此不再见面,但你一个电话都不给他。

7. 他带你一起参加他的朋友聚会,突然眼睛一眨发现你人不见了,之前你没有向他发出过任何"我们一起先撤吧"的明示或暗示信号,等他再联系你,才发现你已经施施然自己回了家。

8. 你一脸真诚地告诉他,你很想见见他以前的女朋友们,还告诉他:"我们一定会成为好朋友的。"

9. 他和你吵架吵得"怒从心头起",头脑一热提出分手,没想到你处之泰然:"好啊,分就分吧。"

在我看来,如今在乎女人"不嫉妒"的男人反倒有越来越多的趋势。也许是因为职业女性逐渐学会把生活重心转向工作,不会一味依赖爱情的缘故吧。当男人发现女人不再那么需要自己给予的爱,女人生命的意义也不再围着家庭打转后,他们更渴望证明,自己是唯一的。

所以,如果你在乎他,想要他的心,主动一点,把嫉妒当撒娇用,用嫉妒的方式表达自己的爱和意愿,不要总是"风来则应风去不留"等待被爱的矜持姿态(这意味着你放弃了直抒心意的本能),有不开心就用直截了当的方式表现出来。他会认为你在为他付出,你愿意为了他放弃你的教养和自尊,他会很高兴,会用更爱你的方式回报你。

47 ☆ 让男人主动道歉！

女：“对不起，是我错了！”

男：“你知道就好……”

一般而言，女人很愿意主动承认错误，可为什么有些男人就是做不到这点呢？不过对男人来说，恐怕并不真正了解女人道歉时候的心理吧，所以首先请男人们注意看了，女人究竟是为了什么而道歉呢？

对男人来说，道歉就意味着承认自己做错了事。比如忘记赴约就会说："对不起是我忘了。"不过女人道歉可不光是因为自己做错了什么！这一点和男人有很大的不同——

++ **女人更介意"错"对感情的伤害或对当时氛围的破坏，而不是"错"本身** ++

同样是忘记赴约，女人道歉不仅仅因为自己"忘了"，而是觉得"因为自己忘了，所以害得对方空等了很久"，为此感到过意不去。也就是说，女人道歉其实不是单纯的"就事论事"，而是为了这件事所引发的不良后果,比如"让对方生气了"、"把好端端一个周末给搞砸了"而道歉。所以女人在说"对不起"时,是在试图修复两人之间的气氛或者让对方平息怒气,总之,是为了起到某种润滑的作用。

很多时候男人在遭受责怪时往往想不通,"不就忘了给你买生日礼物嘛",完全没办法像女人那样考虑问题,"已经期待了很久;听说送给上一任女友的生日礼物是特地从香港带回来的;看来还是心里没我……"这就是为什么女人一吵架,总爱"新账旧账一起算,小事升级成大战"的缘故。

没办法,这就是女人的思维方式(很难改啦),这里先请男人们明白这个特点。

++ 男人不爱认错? ++

"为什么你明明错了,就是不肯承认呢?"米米埋怨老公。出门加班之前交代得好好的,要把已经堆积了一星期的脏衣服给洗掉。结果辛辛苦苦回来一看,衣服还在塑料桶里。

谁对谁错,明眼人一看就明白,但是米米的那位就是不肯认个错。结果米米气得一晚上没和他说话。

"其实他只要口头上认个错,我就原谅他了。"米米在电话里向我抱怨。

我还有一位女友,先生比她大十来岁,结婚之初,她满心以为对方会哄着她,没想到,每次吵架,对方就算错了,也从不口头承认。她先生是一家大公司老总,手下管着几百号人,怎么也放不下这个架子。让我那位女友又好气又好笑的是,虽然他不肯承认错误,但最迟不会超过第二天,会主动做些事"示好",请她看电影或者送她小礼物，要不干脆直截了当，身体语言说明一切，外加一句："宝宝，我是爱你的。"总之，两人结婚也快三年了，但凡吵架，这位先生就算知错，也从没嘴上认过。

"要怎么做才能让男人主动承认错误呢？"我的女友向我打听。

知己知彼，才能百战百胜。想让男人认错，首先得了解男人的特点。一般来说，男人在吵架过程中是不会道歉的。

我的男友见我写到上面这句话，他笑了，说他其实尝试过，但**确实，男人在气头上怎么也开不了口道歉！**

而且如果留心，你会发现，男人和女人吵架时，其实常常不在同一个层面上，也就是说，两个人说的很可能不是同一件事儿。

还是举米米的例子。

米米："你总是这样！"

"什么叫总是，上次你加班，衣服还不是我洗的！"

"没做我交代的事"，这是米米没说出口的潜台词，其实这才是她真正光火的原因。而她先生呢，辩解的却是是否"总是"。

这样对话下去，越对越牛头不对马嘴。如果不想战争继续升级，务必有一方，请先闭嘴。

++绝对不可以紧追不舍！++

（镜头回放）"你给我道歉呀！！"米米不依不饶，语气也有点咄咄逼人起来。

不过对方性格也是执拗，越被紧逼就越是抵抗："我当时没听见你说那些！"

男人和女人不同,女人可以只是为了改善两人关系而"违心"地道歉。但男人其实是"斤斤计较"胜负的动物,在他们看来,**主动道歉＝自己输了**,尤其是在被逼的状态下,还要主动承认自己输了,本能地就会产生抗拒心理。一旦男人有了这种抗拒心,让他认错的企图肯定失败!

没办法,谁让男人就是这样一种弹簧呢?你越逼,他反弹得就越高。所以如果你希望他向你道歉,靠追问是没有用的,这只会使你们在吵架这个沼泽地里越陷越深。

++首先表明原谅的态度 ++

不过,如果你什么都不说,他同样不会道歉。怎么做才好?

到了第二天早上,临出门前,米米突然对老公说:"其实你也知道是自己不对,就是不肯拉下这个脸说出口是吧?算啦我知道就好了。"

"对不起,是我忘了。"老公一脸惭愧地望着她。

米米这句打破僵局的话说得十分巧妙:首先她表明,知道对方想认错(这招叫"先发制人",错还在你,只是……);其次亮出自己的态度,已经原谅了对方。以诱导的方式给老公搭了台阶下,对方也想尽早结束这场不愉快,收到信号后,自然很容易认错。

所以如果你想让对方道歉,就请先让他知道,你已经原谅他了。

++"以情动人"是你的优势! ++

为了让他心甘情愿地低下他高贵的硬邦邦的头,我们要巧妙地制造出一种气氛,比如,泪珠含在眼眶里摇摇欲坠,一副可怜兮兮的表情开口:"刚才你那样说,我心里很难过的……"总之要让对方知道"人民"很不高兴。

比如,早就说好周末要一起去看电影的,你衣服都试了半天了,结果对方突然来一句,"我公事还没处理完,今天要不先不去看了?"这时你就可以用一副伤心欲绝的样子对他说:"你现在陪我的时间越来越少了,我好寂寞啊。"

听你这么一讲,他就会打心底里感到:"哎呀真是的,是我不好。"再加上看到你那张一看就觉得特别柔弱的脸,只要他爱你,他的心一定会"咯噔"揪一下,内疚了。

女孩咄咄逼人的样子通常好看不到哪里去,男人还是对传统形象更容易滋生保护欲望吧。但是有一点需要注意,就是不能过了头,变成一张苦瓜脸。那样男人会觉得你把一生的幸福都押在他身上了,这太沉重了,只会让他们想远远逃开。

要是眼睛是泫然欲泣的,嘴角却努力挤出一个安慰的微笑说,"你快忙你的吧,我没事。"能做出这种表情的女人,堪称尤物,男人一定奋不顾身死而后已!

女人是水,以柔克刚,这是女人的特长,尤其是对自己心爱的另一半,完全没有必要采用攻击的方式强迫对方低头,不要让对方产生胜败的念头,记住,你们是爱人,不是需要决一雌雄的敌人,单纯地解决问题就好!

++ 结论 ++

所以,女人要是想让男人道歉,就要注意以下三点——

1. 理解男人不愿在吵架过程中道歉这个特点;

2. 不要用语言展开攻势；

3. 用类似"我很委屈呀"等等"以情动人"的话语打动对方，最好能让对方看了我见犹怜，心都揪起来，目的就达到了。

这三条很管用哦，很能治治那些"死不肯认错"的男人。

48 ☆ 言多必失

　　A女特别容易和人一见钟情，每次向我汇报新恋情时总是一脸幸福，"跟他认识才几天，什么事情都想跟他讲。"不过好景从来不长，一段恋情往往持续不了几星期。这种"习惯性分手症"在我看来，和她直肠子的性格有很大关系，她总是把自己的过去不分轻重一并向人和盘托出。

　　古话说，言多必失，有些事，对方本不想知道，知道了，可能徒生反感。也有可能，说得太多，导致他的朦胧幻想破灭，发现你其实并不是他想象的那样。

　　比如你告诉他，已经交往过多少男朋友，想象力丰富的，恐怕脑子里立刻出现丑恶画面(固然知道遇上处女的可能性微乎其微，心里多少还是有些独占欲望。就算你已身经百战，也没必要自降身价，让他觉得马上就能跟你上床)。

　　对某一任令你伤心欲绝至今念念不忘的男友，最好提都不要提，因为对方会一下觉得和你关系很疏远：那位男友在你心目中如此重要，自己恐怕无力替代。有了压力就有了逃避的念头。同理，你和那些男友们分了手还能做好朋友，这事也不值得炫耀。对方

183

不会往美德上想，只会嫉妒，因为那么多记忆，你们至今还能共享，而他还只是个乍到新人。

你曾遇到过某任无良男，四处劈腿，左劈右劈，你向眼前这位痛陈你曾经心痛，本意是希望他能把你当作唯一。相信我，男人在这方面的同情心就和你的女友们一样少，他会心生疑窦：为什么那人要那样对你？是不是你有什么问题？同理，你曾经介入他人做第三者的故事，就让它烂在肚里好啦，他会想，你对那人才是真爱，他不过是替代，自尊心因而受伤。

你曾经做过流产手术，这种残酷青春故事就把它当小说一样忘掉好了（除非你因此得了不孕症），他会想，原来你是那样一个人，只求眼前快乐，不计后果，反而不会珍惜你。

爱情要持久，就该撒点谎。过去的事，该瞒则瞒。不过也有些过去，应该第一时间向对方讲清楚，不仅不会恶化两人关系，相反还能增进信任。

比如离婚经历。这一点很奇怪，一样是拿人生去赌，结果失败，男人们对此倒都没什么意见，可能还会安慰你几句。

真实年龄。就算他比你小很多，你也不必隐瞒自己的年龄。很多男人都觉得爱情跟年龄没什么关系，因为对男人来说，你的年龄就是他所看到的（你看起来比实际年龄小，这正是你的魅力所在）。但如果你一开始骗了他，以后再想圆谎就很难。

你甩别人的故事大可以挑几个讲讲（不需要很多细节，简明扼要即可）。男人会油然而生自得感：因为你是有所选择的，大批男人你都是看不上的，你之所以选择了他是因为他实在很优秀。

假设你现在因为投资失误，不幸有债在身，这也可以跟他明讲。他反而会觉得你没把他当外人，当然决心还是要表表的，比如会努力挣钱，开源不忘节流等等。

说到底,什么算是爱情? 两人有心一起创造未来的,就是爱情。创造未来的同时也是在创造你们俩的过去。

注:我有一女友看了此文后反驳我,说:"那不是真正的我啊,我感觉像在演戏。"人生本来如戏,演一个新的自己,演得久演得好,不堪的过去自然会忘却,到那时,大概你会认为,那才是真正的自己吧。

49 ☆ 一招不慎满盘输

　　成人之间再要谈纯爱，大多数情况下是自欺欺人，既然互相心里都有防线，有些雷区就得小心绕开，尤其是刚刚开始约会，彼此还在试探能否继续下去的阶段。有位一心想再进围城的女友最近就没能躲开这种微妙的危险。

　　她单身已有两三年，朋友的朋友向她推荐了一个离婚男人，大她十来岁，大学教授兼经营公司，算是事业有成。那男人也是自恃身家尚可，在看过照片满意后方约定见面。她学历不算太高，对对方十分满意，一心希望能成。他们吃了几次饭互相发过 N 条短信，短信里男人明确表示喜欢她，一周后男人突然告诉她，觉得还不是太合适。

　　她很痛苦，但由于她自己也不清楚哪里出了差错，我只能去问了我 MSN 名单上仅有的几位四十来岁老男人（他们都有过类似相亲经验），男人们的雷区究竟在哪里呢？

　　A 男说他最讨厌不熟的女人跟他扯出一堆名牌公司来。A 男是做广告的，但他所在的公司不是 4A，在那女人一连问了他好几个诸如"……的谁谁你认识吗？那人很……"这样的问题后，他礼貌地抬起手腕看了看表，然后，买单走人。他说那女人给他的感觉就像在买大LOGO包一样，她提到的那些所谓熟人，名字全和圈内著名4A公司捆绑打包，一起堆在他面前。也许那可怜女人只是想找点和他搭边的话题，却错误地给人以浅薄印象。

A男还说，他尤其不喜欢"旧地重游"的感觉。有次他与新识女友进了一家酒吧，那女子立刻兴奋无比，告诉他以前一直来这里，接下来就是滔滔不绝介绍这家店的背景，她喜欢的理由，老板的八卦等等，因为太过激动，她说了足有一刻钟，他说他忍不住怀疑，她那时肯定不是一个人，肯定在这酒吧发生了不少故事。看看男人的小心眼！不过换位思考一下，还是值得警惕的。如果真的熟到服务生个个对你亲亲热热的程度，不妨大大方方来一句："这店我很喜欢的，今天我们一起来真好。"

他这么一说，我举一反三想到，关于过往历任男友们的话也最好少说，别人没问起时更是不要自己多事，就算被问了也必须简明扼要能省则省。谁想知道谁的全部？尤其关心则乱，简直是自找不开心。

B男是个报纸编辑，他说他最不喜欢的一点是女人在和他约会的时候，和他不知道的某人长时间通电话："接个电话哦，说完跑到外面去接，偏偏声音来得个响，我在里面都能听得清清楚楚。"这点我深表同意，每次和男友旅游度假，只要我手机响，他就会皱眉头，搞得我练就长话短说速战速决之功。在恋爱初阶段，女人约会时接好长时间电话，男人第一反应就是，她肯定不喜欢我，心里就有了隔阂。不断跟别人发短信也是一样。

C男在北外滩有两套观景房，他说选女人，就要看她在买单时的表现。"快结束要买单的时候说去洗手间，很久才回来，第一句话就说谢谢我今晚请她吃饭。"在他看来,女人大可以没钱,但精神上得有点自立性,"哪怕买单的时候她把钱包拿出来装装样子,或者说句'这次我来买',我都会对她另眼相看。"这也提醒了我们女人,别以为对方身家不菲就可以宰他几顿,眼光要长远些。

　　C男因为经商关系,有时也会把新任女友带去饭局。他说那种和谁都自来熟的女孩一般他都会速战速决。"工作场合可以八面玲珑,但在其他时间就会让人感觉很轻佻,越是漂亮女人越要当心,至少我看她跟别人眉来眼去,或者笑得特别开心,心里就会不舒服,觉得她把我当傻瓜。而且这种女人往往会惹出麻烦来,我不想为一个女人得罪自己朋友。"看来女人得适时摆出名花有主的谱来,对其他人嘛,就做冷面观音好了。

　　另外要注意的是,最好不要在男人面前说别人的坏话还希望他也跟着你一起说(尤其是你自己的那些女朋友们)。我亲眼看到我女友的男友为此批评她:"你不要总是用上你的道德判断。"

50 ☆ 不要输给回忆

之前只在网上打交道的某男，有天突然约我共进晚餐。餐厅是他选的，坐下不久，他就开始感慨，原来他刚离婚不久，正是在这条人来人往的大马路上他和前妻撞到了一起，然后恋爱结婚，可惜两年后她爱上别人。接下来他又开始详细问我情况，立刻告知已有同居男友。他的表情有点失望，但很快又开始说起他那位前妻，说是总觉得两人特别有缘，她就像是他身体的一部分云云。

我突然替他未来女友操起心来，也许他和她在一起时，心里想的，仍是他最爱的那位前妻，也许他这辈子都没法淡忘她。也许我们的身边人也正想着前情人，谁知道呢，谁让我们的初恋过早夭折，后续的恋爱又此起彼伏？我们都不会用繁复的方式对现任那位说起过去，但有时，我们会忍不住回忆。和故人路上偶然相遇，或者因为工作关系圈子关系再次碰到，而且发现虽然时隔那么久，还像是昨天刚见过，那可真是心潮难平啊。倒是不曾在喝喜酒之类场合遇上，算是幸运。

曾经很用力爱过的一位，至今都没再见过面，有次突然听不熟的朋友谈起他，说他现在混得很好云云，突然很想哭，觉得其实那么多年过去，自己也经历了很多，只有他最懂我。

我想，男人也是如此吧，某个契机，突然想起旧时恋人，重新认识到她对自己的重要性，就会有一种永失我爱的惆怅。或者突然有了关于她的新消息，对她的记忆、她身上的味道、她的声音，就会卷土重来。就像突然看见一部当年很喜欢的老电影一样。

尽管这种心情可以理解，但如你想和他有未来，不代表我们不应该行动，拖着对方一起跨越旧爱。

但凡有过难忘过去的，情感总会有所反复，有时很想重修旧好，有时又很想克服，不再去想。怎么才能把他的过去记忆擦擦淡？过去的记忆显然无法改变，和他一起创造他的未来（而不仅仅是你的），让他一想到就进入一种兴奋状态，这点很重要，能做到，你就会取而代之，成为他真爱的女人。

和一个有故事的男人恋爱，你就不能指望他处处迁就你，也不能指望他一分钟不走神。但如果你纠缠于这一点和他吵架，就是把自己一下扔进前人那个空间，在那个空间里，是你新来乍到，落败几乎明摆。所以你大可完全忽视那些让你不舒服的小细节，跟他谈谈你对将来的打算，尽快让他进入未来语境，注意，不要只谈自己，要多问问他，什么是他真心想去做的事，哪些是他觉得你们俩可以一起去做的事，如果他不擅长说话，你要自己去发现。

只要你记得，你不会输在你和他的共同回忆不如前人多这点上就够了。如果他觉得和你没有未来，或者他对你们俩的未来完全没有憧憬，你就输定了。

51
☆ 同居是把双刃剑，别让它伤到自己！

都会男女，开始恋爱了，往往就住到了一块儿，住了一段时间以后，有的女人和对方顺利结了婚，有的女人却不得不黯然面对分手结局。

有一女友，从大学时就开始和男友同居，到如今三十出头，铁打的营盘流水的男人，她一个也没能留住。不是她不想结婚，是她不知道为什么，一起住了一段时间后，两人的关系就会冷淡，每每如此，因此蹉跎至今，仍在同居状态。

问过一些同居又分手的男人，当初最让他们不想继续的理由是什么？

1☆ 得受管束，得听说教

"和她同居以后，我觉得自己一夜回到大清朝，完全成了闭关锁国状态。"有个男人这样说起他的前女友，那时他想出去见谁，出门前必须接受一系列盘问，否则就别想顺当过关。我的那位女友倒没有这么麻烦，但她每天都在家做晚饭等男友回家来吃，她不希望他在外面和别人吃饭，她还沾沾自喜地以为，管住了男人的胃就是管住了男人的心。

如果一个男人发现和你同居后，有些事情他想做，却不能再像以前那样想做就做，有相当一部分会在忍无可忍的某一天，选择离开。

不过对更多男人来说，管束本身所带来的压抑感并不是最"致命"的，他们更不能忍受的，是女人因此而开始的说教。在说教时，女人把男人当成被告，新账旧账一起算，男人非得诚恳赔不是不可。这种过程更让男人觉得，自己活动的空间越来越小，渐渐地，男人开始问自己：我为什么非得和她在一起？要是我和她结婚，我这一辈子都得这么过了？一旦想到这一点，基本玩儿完。

同居一年半后顺利结婚的另一位女友很有一套："我们定了大致的'家规'，比如多晚都得回家过夜等等，要是他破了规矩，我会大发雷霆，只要没到这一步，我都不怎么过问。"

你的男人不是你的小孩，有时候，把他扔在一边不管更好。

2☆ 得做比以前单身时更多的家务

肯去领证的男人一般都比较满意自己的另一半，比如工作上很能干、可以负担家里一半经济等等，如果除了工作不错，还特别善于操持家务，男人会觉得她"很女人"。

但如果和某女同居后，和单身时的自己相比，反而要做更多家务，在男人看来，这部分家务就是没必要的。

有个男人告诉我，他的前女友有一定程度的洁癖，看他外出回来，非逼他去洗手；每个周末都睡不成懒觉，因为前女友会早早起床，不管天气阴晴，一律洗床罩被套枕头套，还非让他帮着一起吸尘擦灰。他开始找借口周末加班，在"加班"时他网聊认识了新的 MM……

还有的男人则抱怨前女友太懒，说是没想到女人在家时可以这么懒："她每次出门都打扮得很漂亮，但是家里乱得一塌糊涂，拿出来试的衣服全都堆在沙发上，有时还要我帮她叠好放进衣橱里。"如果男人觉得他以前一个人住的房间很干净,是因为你而变脏变乱了,会因此发火抱怨。

不要让他觉得女人比男人还要邋遢,把每个人该分担的家务写在纸上,贴在门背后,自己要认真执行,就当它们是单位工作的一部分好了。

☆ 每天下班回家,她不是看电视就是在网上打牌打麻将,要不就是和人聊天

"我看见她那样就想,她的一生都会这么过掉,到老了她也就那样,坐在电视机前……"

反省一下你的业余时间是怎么度过的。如果你的同居男友是很有上进心的那种,你这样无所事事,会让他暗暗生出失望。想点有创造性的事干干,哪怕移动一下家具位置,都会增添点活力。

☆ 原来她这么不爱干净……

当男人想和你做爱,却发现你今天居然没洗澡;你晚上睡觉前没刷牙,结果有口气还不自觉(不过这两点问题不大,如果男人善意嘲笑,撒撒娇,赶快补做,不会造成影响。忌讳的是顶撞他,还一副很若无其事的样子);你抽烟(如果对方不抽烟,会比较反感);你经常忘记倒垃圾,厨房里有股味儿(当男人意识到,不仅是脏,而且是不健康时,问题就大了)。

有意思的是,不止一个男人告诉我,他的女友睡觉时会打呼噜或者会磨牙!男人会因为这个心生反感吗? 答案是不会! 理由是"这又不是她的错"。因为男人是把这些当病来看的。

如果,你现在正和某人同居;如果,你已经有过失败的同居历史;如果,你很在乎眼前这个,很想和他修成正果,问问自己,有没有这些坏习惯?

++冷冻爱情的坏习惯 ++

1.☆ **和他住在一起后,你不怎么给他发短信、和他用 MSN 聊天或者煲电话粥了。**

很多女人会觉得,已经住在一起,没必要像刚谈恋爱时那么做了,但其实,邮件、短信、MSN、电话,都表示你在想着对方,在他工作时,突然看到来自你的一条甜蜜短信,会让他觉得很幸福。

2.☆ **有时他给你写 E-mail 聊聊,你也不再像以前一样,立刻回复。**

除去不能即时回信的情况外(这可以事后跟他解释),对方会觉得你是怕麻烦了,也就说明你不再那么重视他了,设身处地想象一下他等你回信的心情吧。

3.☆ **一星期至少会发一次脾气,对他的态度也变得比过去简单粗暴了些。**

女人在恋爱初期一般都会伪装自己很贤良淑德,关系一旦稳定下来就会"原形毕露"。

4.☆ **在家穿得像大妈一样,怎么舒服怎么来,出门上班会朋友却精心化妆换衣服。**

听到过不止一个男人抱怨:她穿衣服不是为我穿的,我还没她那些同事有眼福呢。想一想,他能见到的你的美丽,一天中有几个小时?

5.☆ **对性没什么兴趣,总是找理由混过不做。**

刚开始住在一起时,你也是这样对他的吗?

6.☆ **做爱频率比热恋期减少很多。**

对男人来说,你不愿意和他做爱=你不再爱他。

7.☆ **不再跟他说你爱他,不再跟他说谢谢。**

这种感情润滑词儿是爱情生活基本元素,多说无妨。

8☆ 干涉对方行动，束缚对方自由。

你现在在哪里？在干什么？你等会儿去哪里？现在不能回家来吗？……这种追问，及早打住。

9☆ 不太分得清什么是可爱的发嗲，什么是让人烦的发嗲。

如果这种发嗲对你的同事是有效的，那么，对他也会有效。

10☆ 你很了解他，知道什么话说出来会真正伤到他，吵架时你总是用这种方法打击他。

关系再亲近，本质上你们还是陌生人，所以要有礼有节。吵架尤其要有底线，有些禁区你碰了，你们的爱也完了。

11☆ 随随便便打嗝放屁。

一不小心也就算了，如果知道自己要那样了，就算不用特地去洗手间，最好也离他远点，让他听不见才好。

12☆ 换下来的脏衣服（尤其是内衣内裤）就扔在他能看见的位置。

完全破坏神秘感与美感（除非你的那位有异常审美倾向）。

上面十二条，你符合几条？从刚开始的眉目传情到现在一个屋檐下，不知不觉，你有了多少变化？

当然也不乏经过一段时间同居，两人顺利步入婚姻的成功案例，看看我那些已是有夫之妇的女友们，都有哪些诀窍？

1☆ 开一个有关两人生活的 BLOG

她经常写些特别琐碎的事情，什么"今天我和他去吃的那家餐馆很灵，大家都可以去试试哦"；"今天我们去了朋友家玩，她家的小狗刚生了小狗狗"等等，有时也会这样写："今天他要加班，我一个人在家好寂寞啊，希望他早点回家。"我不知道她的那位看了是怎么想的，至少作为一个旁观者，会觉得他们很相爱。

有些话，说出来就有些假；有些感情，说出来也有些肉麻。但你想他的时候,你觉得和他在一起很幸福的时候,可以写下来,用文字的方式,告诉他。而且 BLOG 完全可以自言自语,也可以邀请他一起来写。如果你们已经同居到无话可讲的地步,两人各开一个 BLOG,互相交换着看,一部分可以在网上公开(因为会有人回帖,可以扩大两人世界,多些朋友),一部分可以不公开(比如告诉他你对做爱都有些什么想法)。

2☆ 每天上班前,创造机会,两人至少说上五分钟话

为此我的女友总是比她的男友早起床。那男友原本没有吃早餐的习惯,她就煮好咖啡送到床头,外加一片烤好的面包。男友爱睡懒觉,但是禁不住咖啡香,总是很快坐起来吃吃喝喝。她就坐在床边,有一句没一句问问,今天要去看客户吗? 有没有重要会议要开? 晚上有活动吗? 他吃完去冲澡的时候,她就根据他那天的日程安排替他选衣服领带。

这样做了一个来月,男友就自觉坐到了餐桌边吃简易早餐,一来健康有保证,二来两人也有时间说说话。如果知道他有重要提案要做,她还会算好时间,在他进了办公室快开始工作时给他发条短消息,为他加油。

3☆ 一天至少三个吻

■ 早上眼睛睁开的时候;

■ 早上分头去上班之前;

■ 准备晚餐时(一起吃晚饭前);

"不要觉得这样做会很机械,要养成习惯,像条件反射一样,真的很有用哦。"我的女友告诉我,为什么晚饭前这个吻必不可少。

有次周末大吵了一架,她又拉不下脸主动道歉,两人就板着脸各干各的。转眼到了吃晚饭的时候,她摆餐具时就想到了平时,平时是会接吻的呀,于是她抬头看了看对方,对方也正好看过来,很自然的,一个吻之后,他跟她说了对不起。

如果能在晚饭前和好,就不会把坏情绪带到床上,也就不会造成更大的裂痕。同样道理,如果前一晚两人吵架,早上吻一下对方,告诉他:"你好讨厌,可是我还是很爱你。"对方就不会带着坏情绪去上班(温柔的第三者就没法乘虚而入了)。

这种不成文的习惯,只要做过一次,对方一般不会阻止(也很难开口阻止吧),可以一直坚持下去(结婚后也要继续这么做)!

☆ 周末要像刚恋爱时那样过

同居日久,就有点像家人,这时恋爱的感觉会淡薄很多,也是人最容易喜新厌旧的时候。对于女人来说,怎么让对方保持爱意?周末尤其要善加利用。

周末,选一天——

■ 用特别温柔的(和平常说话有所区别的)语音语调喊他的昵称,唤他起床;

■ 静静地拥抱他;

■ 盛装打扮(督促他和你一样),出门逛街。注意,不要去什么大卖场买一堆下周要吃的罐头回来,也不要去什么卖便宜时髦衣服的街区,像深圳的东门上海的七浦路北京的秀水街之类,可以去看看汽车展示厅,或者大商场里现在你们还买不起的高档家具等等,这样两人很容易一起勾画美好未来,而不是一日复一日,天天只是柴米油盐;

■ 好好举办一个小型派对,请朋友来喝喝酒,吃吃家庭自助餐,这样做有别于日常生活。但是,不要经常去参加那些社交型酒会,这样只会使人心浮躁、紧张,反而特别容易制造出轨;

■ 这一晚的性,来点不一样——

换换窗帘颜色(如果很麻烦,可以换换卧室灯光,最简单办法是用条漂亮纱巾当灯罩),点起香薰。不要用语言,不要说什么"抱我"之类挑逗的话,轻轻抚摸他,从肩部开始。

52 ☆ 倾城之恋"逼婚技"

有女友知道我要写《倾城之恋》给人的恋爱启发，立刻反对："倾城之恋里面哪有爱情，只有算计。"是啊，不用心算计，怎么能套牢一个好男人？

"其实最后她还是败给他。"这我可不同意，因为他们都得到了想要的，而这过程，你能说没有爱情？

"有一点点爱，但是都希望对方是多付出的那一个，所以僵持着，非得有一场灾难来成全他们。"但是为什么战争来了，他不去选别人？

"她恰好在那里了嘛，因缘际会。"其实不是这样简单的。比如，他知道她是做妻子的好材料，她不花心，能守妇道，不会学其他姨太太堕落；她可以为他学做马来菜；她骨子里是聪明的，能听懂他说什么；不至于为吃醋跟他一哭二闹，又足够漂亮，场面上带得出去……

但确实，光有这些，肯定不够。能走到结婚这一步，时机和造势，很重要。

我有一女友，去年秋天和男友相识，圣诞节就去领了证，今年五月补办的酒席，听说明年春天小宝宝就出生了。她说："婚姻是两个成年人对人生签订的合作合同,和恋爱完全不同,肯定不能任其自然。就算两人真心相爱,对方一天到晚说'什么时候去把证领了','就这段时间吧',一点用都没有,拖会拖成习惯,好时机一旦错过,结婚就很难了。"

我很同意她的这番话。曾经看到过一个数据,说是一对情侣,从恋爱开始算到领证为止,平均花费四年时间。四年过去,还没开始具体讨论结婚事项的,这段感情瓜熟蒂落的可能性就很小了。

对大部分男人而言,结婚是要痛下决心的,是会感到责任深重的。在恋爱初期,互相爱意正浓,她有缺点他也会视而不见。交往时间越长,男人结婚的决心就会越钝。在男人没有结婚欲望的时候,女方一再催促,主动求婚,或者逼他早做决定,只会一拍两散(那些天性是棋子,一拨一动的男人除外)。

且让我们来看看,白流苏是怎么做的。

☆ 第一技:知己知彼,绝不正面强攻

流苏选择以退为进,先回上海,熬了一个秋天,熬到了十一月底,范柳原果然从香港拍来了电报。但是需要注意的细节是,范柳原从没真正得到过她,无论心灵还是肉体(这在如今性观念开放的年代,是很难把握住的)。

我有一闺蜜的做法很值得推荐:和男友恋爱一周年纪念日那天,她问他:"想想看,五年后我们会做些什么?"他们从工作谈到了家庭,男友很自然地就向她求了婚。

还有一女友,听说了那闺蜜的成功经验后如法炮制,没想到对方说的全是怎么挣钱存钱买房子的事。她是那种特别会发嗲的女生,和男友在一起后就没用过自己的钱,那天她意识到金钱是个很大问题,在接下来的一年中,她开始学习经济独立,当然,嗲是照发的。两周年纪念日时,她递给男友一张存折,告诉他,自己是真心

想和他共同生活的。

切记,不要试图制造怀孕去要挟对方。一方面,用另一个无辜小生命去成就自己的婚姻,算不上道德;另一方面,一旦对方说出"我现在还不想结婚,你把孩子打掉吧",只会伤害到你自己,就算赌气养下小孩,也会背负太多沉重负担。但是为什么这招一直有人使用呢?确实,对那些已经决定跟你结婚,但就是没法再主动一步的男人而言,是很有效。可你怎么知道他已经做了决定呢?

☆ 第二技:把握外部环境造势

女友小 A 年届三十,和男友已经交往了两年,两人都到了婚嫁年纪,男友嘴上也总是说小 A 对他很重要,从不吝惜甜言蜜语,可就是迟迟不向她求婚。小 A 开始焦急,再这么拖下去,两人势必倦怠,最终以分手告终,身边女伴可不是没有这样的前车之鉴。

她来找我讨主意:"我觉得目前可能是两人感情最好的时候,我想结婚,但他好像没这个意思,是不是说明他其实不够爱我? 要不要更努力一点,让他更爱我一些?"

我告诉她:"有些男人,心里再怎么爱你,还是很难让他向你求婚。"

男人求婚那一瞬,考虑的全是自己。如果不合乎自己的实际情况,光有爱,根本不足以让他开金口。那一瞬间,除了心里确实喜欢你之外,还需要一些外部环境顺水推舟。

最好的大环境是来自他爸妈的压力。像那范柳原,为什么"三十三岁,嫖赌吃着,样样都来,独独无意于家庭幸福"? 无非是因为有钱且父母双亡。

如果他的父母很希望他尽快结婚,很想早点抱上孙子,他向你求婚的可能性就会高很多。试试"曲线救国"吧,现实生活中,这种想少听自己爸妈唠叨而被赶鸭子进洞房的男人其实很多。

次好环境是他生病受打击的时候(打击不能太大,一点挫折感

就够，太大了反而会逼出他的斗志）。有些男人天生"工作狂"，对女人没多大感觉，所以光有他爸妈在你身后撑腰还不够，更要注意制造机会，让他感到自己体力有限，这样他就会慢慢萌生对安逸结婚生活的憧憬了。

战争爆发之前，因为经济、家世原因，流苏和柳原是不平等的，但在子弹面前，他们第一次有了平等，谁都有可能受伤、残废、死亡，也正因此，"在这一刹那，她只有他，他也只有她。"

现实生活中发生这样转机的可能性太小了，我也不提倡出去旅游等着遇险之类。但在对方面临困境，尤其在他过度疲劳、压力大的时候，如果你能把自己的小家布置得舒适温馨，他对这种生活动心了，你就向婚后生活迈出了第一步。

第三环境是来自朋友们的影响。如果他以前那群经常晚上一起出去玩、周末也总在一起厮混的狐朋狗友们一个个都开始忙结婚去了，你就能乘虚而入了。对男人的死党力量绝对不能小觑，跟他们搞好了关系，你就会知道他有没有过想结婚的念头或者他的婚姻观之类。

另外，如果周围朋友都认为你们有"夫妻相"，对他也会产生一定正面影响。比如，"流苏忽然发觉拿他们当夫妇的人很多很多——仆欧们，旅馆里和她搭讪的几个太太老太太。"这其实也是一种造势。

还有另一种形式的促成。停战后，那位萨黑夷妮公主唤流苏"白小姐"。"柳原笑道：'这是我太太。你该向我道喜呢！'……当天他们送她出去，流苏站在门槛上，柳原立在她身后，把手掌合在她的手掌上，笑道：'我说，我们几时结婚呢？'"

两人当时明明还没结婚，柳原为什么要说流苏是他太太呢？中国有古言，"名不正，则言不顺"，为了让那公主死心，表明自己已经名草有主，柳原先给了流苏口头上的名分，然后暗示，如今他已给权流苏,她能管他了。

这种技巧可以有很多变化,比如,让他产生一定的危机感、占有欲之类。

上述这三种结婚催化环境都是客观存在的,如果你很需要结婚,交往初级阶段就可以观察、确认了。有了这样的外部环境帮忙,再把爱情之火一鼓作气烧得旺旺的,结婚真是指日可待。不过切记,心急不可流露在脸上,尤其初级阶段,要轻描淡写,好像你只是想多认识一个异性朋友一样。

☆ 第三技:不能轻易同居

"流苏自己忖量着,原来范柳原是讲究精神恋爱的。她倒也赞成,因为精神恋爱的结果永远是结婚,而肉体之爱往往就停顿在某一阶段,很少结婚的希望。"

"她如果迁就了他,不但前功尽弃,以后更是万劫不复了。她偏不!就算她枉担了虚名,他不过口头上占了她一个便宜。归根究底,他还是没有得到她。既然他没有得到她,或许他有一天还会回到她这里来,带了较优的议和条件。"

对结婚而言,同居真是把"双刃剑"。有的女人能因此迅速披上婚纱,有的女人却在同居N年后赔了夫人又折兵。在这点上,流苏本人做得也不够尽美,她因为经济无着,无奈同居,心里也清楚,"没有婚姻的保障而要长期地抓住一个男人,是一件艰难的,痛苦的事,几乎是不可能的。"如果没有那场战争,她无非也就是一个姨太太的收场。

朋友小B对同居就很谨慎。她是毕业后留沪的,自己租了小房子住,和男友交往了九个月,期间男友不时鼓动她和他一起住,她一直委婉拒绝,就这么吃吃饭,看看电影,偶尔过过夜。有一个周末,两人一早就去了杭州玩,那天玩得特别尽兴,男友就说,和她

202

在一起好幸福,真想和她天天这样,不如搬到一起住吧? 这次她稍稍犹豫了几秒钟,然后说:"嗯,住在一起,是满不错。"

接下来,她温柔地靠在男友肩上,开始列数起同居的好处来。

"一起住,经济上会宽松点,能存下一些钱;就算双方都出和现在一样多的房租,合到一起,也能住上条件更好的大房子;也不用担心生病没人照顾了……"

男友和她一样,只身在上海打拼,听了就很感动,说:"我现在还买不起房,只能租房,但总有一天……"

回到上海后,小B可没有立刻拎上自己行李搬过去,她说:"真要一起住的话,还得添些东西呢……"

先列出需要的东西,比如舒适的双人床,然后两人一起出去逛街买,原本有点像"过家家",慢慢的,现实生活的味道开始浓了起来。这时候,男人才开始看向更长远的未来。他会建议小B,既然买,就买些质量好、经久耐用的,尤其像床、书架之类。

当然,小B第一时间告诉了自己父母,他们对上门的小B男友说:"我们是希望你们能领了证再一起住的。酒席倒不用急,慢慢来好了。"小B男友当即就同意了。

事后他跟小B说:"我以为会很麻烦,要先向你求婚,再去跟你父母商量,然后再摆酒、结婚,没想到他们那么通情达理。"

这个年龄的男人基本都很忙,再让他们觉得结婚是件麻烦事,他们就会拿工作忙当借口一直拖下去,个人建议是酒席可以缓,证则越早领越好。同居是为领证做铺垫,所以不能轻易同居。圣诞节或者年度休假是很不错的时机,可以把两人感情再往高潮推一推,这时再同意同居,然后尽量延长这一过程(比如《倾城之恋》里提到的"找房子,置家具,雇佣人——那些事上,女人可比男人在行得多"),让男人意识到,为同居所做的种种准备工作,其实和婚后一起生活无异,就能水到渠成地把领证问题给解决了。

203

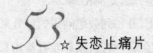

53 ☆ 失恋止痛片

失恋往往是突发事故,身心疲伤,多数人对这种打击都没有免疫力,可谓屡失屡伤。

越是爱他,越是对他有所期待,失恋时震惊越大。因为到此为止,和他在一起都很快乐,一瞬间,快乐来源就被切断,自然会坠入空虚,空虚到有人第二天不想上班,有人甚至失去生存意志;有人把其实很普通的片段全部着上色,一遍遍回忆,甚至故意去听曾经和他一起听过的音乐,有人看到夕阳都会睹物思人;也有人自尊心极强,他既然不再想我,怎可以再为他流泪? 流泪就说明彻底输给他了,于是自己死忍。

最不正确的做法就是硬逼自己不哭。走在路上,摔了一跤,膝盖磨破了,会出血,和失恋一个道理。心受伤了,眼泪代替血流出来,说明心还活着。所以一个人的时候,想哭就哭吧。

其实,失恋为什么痛苦? 除非对方意外身亡,一般而言,都是被甩。这种时候,朋友再怎么安慰,还是会觉得自己不如别的女人,因为自我否定,所以疼痛难消。很多成熟的女人在失恋后会想一个人过,包括少数女强人,埋头工作也是为了重新找回自我,进行自我修复。当然也有女人想麻痹寂寞,会立刻随便委身他人,努力投入一段新的恋爱。

这两种做法其实没有对错,自己感觉好就可以。但是我个人不建议一失恋,立刻和身边"备胎"好。因为哪怕那个"备胎"其实很好,很适合你,负心人的形象还是会时时覆盖掉他,对他很可能造成一次无谓的伤害。不过身边确实有女友这么做的,她告诉我,经历过三个这样的"备胎"后,自然而然就可以从失恋阴影中走出了。如果你心肠足够硬,不怕歉疚,倒可以一试。

不过最难熬的,其实是失恋当天和其后的那一周。什么方法可以有效止痛?

可以什么都不管了,天就是塌了,也要死死睡上一觉。

睡着的时候,心痛就消失了。只不过,醒来那一刻,又会一下跌回痛苦,所以要选择好你起床后的那个空间。最好是你熟悉的,不止你一个人的,比如父母家。

第一时间找朋友来陪。

有朋友在身边,一定程度上可以缓解这种因为突然失去带来的不安。但是要逼着自己去想对未来的计划,哪怕你根本不愿意去想。尽量不要重复对他的回忆。

为了忘记对方,想想分手的好处。

虽然不应该说人坏话,尤其是自己曾经喜欢过的人,但是对忘却伤痛是有好处的。把他所有的缺点一一列出,贴在墙上,直到自己真的认为和他分开很明智为止。

在太阳下尽情游玩。

太阳能给人生机,恢复人的元气,情绪低落时晒晒太阳,确实很管用。所以在太阳下游玩,渐渐会忘记不快,如果在旅游胜地遇上新的异性,也没什么不好。

过了最艰难的第一周后,接下来要做的就是找到新的自我,让自己变得更有魅力。你可以埋头工作,也可以等待新的男友。

失恋后最忌讳做的两件事是：

自暴自弃，认为自己没有爱的能力，反正谁也不会再爱上自己了，一个人过算了。

有这种想法的女人，连朋友都会越来越少，因为说话、态度都会显得很自卑，很灰心，没人会喜欢整天面对一张无精打采的脸。渐渐地连外表都能看出绝望来，到那时，心也失去了新鲜度，从里到外，整个人都失去了光彩。

我自己的经验是，失恋后一定要换一个全新形象，外表变了，内心也会跟着变。

再也不相信真爱，只需要肉体性伴。

如果是刚失恋，只要注意性安全，也不是不可以，但如果一年以后还这样，只会伤害到你。因为你会习惯用性去刺激，同时习惯在对方走后，独自面对一屋子的空虚，久而久之，你会失去对恋爱的真正感觉。

失恋是任谁都躲不开的事故，但是经历无奈失恋的同时，你也有机会百分百恢复自由身，可以重新构筑你的生活方式，属于你的自由未来。我一直觉得，正因为我们知道了什么是"痛"，我们才会避免再度受伤，才有可能找到最后一次真爱。

54 ☆ 漂亮分手

女人什么时候会萌生去意？大抵以下几种：

交往经年，对方毫无结婚计划；

审美口味大相径庭，尤其他为你选的衣服、礼物没一次能入你
的法眼；

他觉得好笑的事情，你总是笑不出来（反之亦然）；

好久没有心跳加快的感觉；

动不动就会吵架；

从来没觉得他是你想共度一生的人；

出现更心仪的人选。

当你疑虑起两人未来，满眼皆是对方缺点，对他不满，没法从
心底里乐出来甚至觉得很压抑的时候，两人关系也就没必要因为
惯性而继续维持了。

还是选择分手吧。

不过，分手自有分手的艺术与技巧。

++给个枣先,再一巴掌打下去 ++

很多女朋友在下定决心分手之前,都会找我来抱怨一番。那些不满其实不外乎花心、没有理财观念(挣不了大钱)、对自己不关心、性生活不和谐……我觉得女人有时候心很硬,只要不爱对方了,总会找到一个理由聚焦,此外那人再有什么优点也看不进去了。

设身处地,如果你是那位被甩的,对方还一个劲地指责你这也不是,那也不是,你会怎样想?

比较推荐的一种做法是在提出分手时综合评价对方。缺点自然要说,但优点绝不能不说。比如可以这样实践:

"你很能挣钱,长得也很帅,对工作很上心,很有男人味,还烟酒不沾,但你对所有女人都太好,你的女性朋友实在太多了,我不想因为你变成一个心胸狭窄、整天猜疑的女人,再继续下去实在太痛苦了……"

这种做法有一大好处,就是不会让对方很绝望,反正自己还有那么多优点,不会觉得失去你以后就再也找不到女人。

++不说再见的分手技巧 ++

有位女友,常爱常分,那些前男友们没一个记恨她不说,就连七年前分的,至今还常常为她免费介绍客户。她告诉我,分手也可以分得很漂亮,诀窍就是"从不说不再见",因为对方肯定明白她去意已决,就没必要再强调什么"再也不用见面"之类的话了。她最常说的一句分手话就是"说不定哪天,我们就又见面了呀"。

每次分手她都特别干脆,一定今日事今日毕,分手后过上半年左右,她会主动给对方写封邮件,问候一下对方,同时介绍一下自己情况(半年时间,足以化解怨怼,同时既不给对方机会,又重温故交)。如果对方回信,并且情况不错(比如又有了新女友),她就会继续保持不咸不淡的联系。

当然,也有好几次是她被甩,遇到这种情况,她从不当对方面乱了阵脚,既不哭也不表现得特别激动。她说,自己不想分手只是因为自己的爱,既然爱着对方,让对方做他想做的事就是最高的爱,所以最后一次约会,她总是尽可能把自己打扮得漂漂亮亮的,按她说法就是"输也要输得潇洒"。

但是,不是所有人都能分得如此漂亮。

☆ 漂亮分手的三大条件

1. 经济上完全自立
2. 生活事、家务事完全能够自理(比如换根保险丝之类)
3. 精神上足够自立

一个经济上自立的女性,分起手来也比较容易,男方也不太会因为几年积蓄都浪费在你一个人身上而恼羞成怒。如果只靠男人养,自己肩不能挑手不能提,一旦主动提出分手,恐怕连租房子另住都成问题。

有位女友,因为连方便面都懒得自己煮,事事都靠男人伺候,尽管她并不爱那男人,但也迟迟难下决定(后来我建议她去找个保姆)。还有一位作家女友,灵感常常需要男友给予,所以即使那男人在外绯闻不断,她却一再容忍,照她说法,她不能想象彻底失去他的日子。

上述三个条件缺一不可,否则很难漂亮转身、干脆放手。因为分手会使自己处于不利位置,所以即使那段恋爱很让自己辛苦,也会一味忍耐,在爱的沼泽里越陷越深。

　　分手时不说再见,不把人与人的缘分完全切断,这点很重要。但比这更重要的,是不说狠话。

☆ 分手时最忌讳说的狠话:

　　1. "我再也不想见到你了";

　　2. "你去死吧";

　　3. "和你这样的人,当初就不应该开始";

　　4. "你浪费了我那么多时间";

　　5. "和你在一起,就没一件事是开心的";

　　6. "你这个人渣";

　　7. "你活得有什么意思啊";

　　8. "我以前给你的东西,全部还给我";

　　9. "你才挣多少钱啊"("你养得起我吗");

　　10. "我还没问你要青春损失费呢"。

　　以上这些话的共同特点是:对对方的自尊心很有杀伤力,否定他在你生命中曾经存在的价值。女人说这些话,一是遭致对方嫌恶,二是容易激发出男性的潜在暴力,给自己带来人身痛苦。

　　看报纸上的社会新闻,这类悲剧时有发生,什么"不满女友提出分手,竟朝女友及其家人身上扬洒汽油,然后点火焚烧";"男子不满女友提出分手,联合他人残杀姊妹花";"不满女友提出分手而怀恨在心,一男子引爆女友家"等等,每次看到都会忍不住想,那都是些什么"男友"!

　　当然能明白他们由爱生恨的心情,但为什么不是每个被甩男都如此? 其实那类危险"男友"一般都有一些共同特征,比如很大男子主义,每次约会的时间、地点、内容都由他单方面决定;容易发脾气;和别人吵架时,明明是他没理,也从不认错;为了达到目的可以不择手段等等。这类男人本来就是"易燃易爆品",向他们提出分手,更要注意措辞、语气、表情。

还有一类男人,表明看起来很安全很老实,但一旦发作,也会给女人措手不及的伤害。他们一般自视甚高,如果约会时总是他在说话,很有可能他是自恋狂;如果才和你约会没多久,就开始给你买很贵重的礼物,或者一天邮件、电话不断,你就要有所小心了,这表明他对你回馈同等程度感情的期望甚高。曾经有位同事就遭遇过此类男人,两人感情好的时候风平浪静,他也十分温柔体贴,后来她爱上其他人,那男人溜进她租的屋子将她所有贵重器具统统毁损。她让他赔偿,他还振振有词:"我那么爱你,你却不知回报,活该如此。"如果你意欲分手的男友不幸属于上述类型,怎样在提出分手时避免遭受身体攻击?

☆ 有意识疏远对方,制造距离

有位女友,前男友很爱她,常常会一边吻她一边忍不住轻轻掐她脖子,嘴里还喃喃自语:"我好爱你,你要是哪天离开我,我就掐死你。"终于有一天,她决定要离开他,于是她先是找各种理由避免和他发生性爱,然后越来越沉默,并尽量减少两人共处的时间,同时将自己所有重要东西全部偷偷转移走,最后在上班路上(也就是公众场合)向他提出分手,从此再也没有去过那位男友家。

我觉得她的做法十分明智。你想分手,对方未必愿意,如果你觉得对方怎么想和你无关,只是把自己想法强加给他,很有可能遭到报复。所以在明确说出分手前可以来一段冷淡期,缓冲对方的痛苦。

另外她选择在公众场合说分手也很聪明,在只有两个人的空间,对方很可能一时冲动做出一些出格举动。想和有暴力倾向的危险男友分手,切忌选择自己家或他家,还是选择餐厅之类有他人在的场所比较安全。

☆ 既然开了口,就要坚持到底

很多人都没那么容易接受分手,即便如此,也不要一时心软,半途而废,这是为了你们双方好,一定要有坚强意志执行到底。如果对方拒绝接受,还开始威胁你,要注意收集证据,然后找警察报告,否则真发生什么就晚了。

越是有强烈同情心的、善于忍耐的、责任感强的、习惯照顾别人的温柔女人,越容易遭到纠缠、报复(大家应该还记得上海的潘平毁容案件吧)。有女友提出分手后被殴打的,居然还为不良男人辩解:"他变成这个样子,我也有责任的。"在前男友伤害自己之前,务必借助周围朋友或警察的力量。

分手后,要是再见到他,该怎么做?

很多人都有过和前男友尴尬重逢的经历。世上人等,个性迥异,有的人分手后还能做朋友,有的人却只能形同陌路。如果和前男友原本属于一个圈子,即使分了手,还是会因为工作或朋友关系常常见面,完全可以大方应对,总之让包括他在内的所有人都明白,你和他一起度过的时间很珍贵,你从未后悔过。

☆ 性格不合,不是好借口

很多女人分手时都喜欢用"我们性格不合"做借口,其实这对男人来说是个非常暧昧模糊的理由。他们自然就会反驳:"都处了那么长时间,一开始你怎么没觉得性格不合?"另外还有很多女人喜欢说:"我们价值观不同。"但对男人而言,会觉得人和人之间价值观、性格本来就不同,当初不就是因为互补而在一起的吗?

如果没有第三者,分手的原因往往是很复杂、很细节的,是难以一言以蔽之的,所以还是找到使自己由爱转为不爱的具体而现实的理由比较合适。个人以为,比较致命、男方也比较肯认命的三大"理由"是:金钱、性和他的恋母情结(比如他特别听他母亲话,而他母亲不喜欢你;你很难和他母亲和平相处等等)。

☆ 巧"逼"对方主动提分手

有位女友,结婚前就已发现自己不够爱对方,但是考虑到两人共同买了房,男方家里又为自己生意方面多次施加援手,牵枝绊藤,难以说断就断,最终还是别别扭扭结了婚。不过,一年半后,她就成了离异女性。因为心里不够爱,生活上就不会对对方多加关心,男人觉得家里缺乏温暖,后来出轨,自动提出离婚,省却她开口有为难之处。

虽然听起来不够冠冕堂皇,但是"逼"对方主动提出分手,也未尝不是良策。

☆ 把自己搞得很忙

有一女友,每次想分手前几个月就开始记事本不离身,上面工作日程表排得满满,大大方方展示给男方看。难得有空日子,两人事先约好约会,到时候她总是借故推掉:"不好意思,单位一定要我去加班。"(她也确实回到单位,待在办公室网购一番)。因为是工作,对方也不好说什么,但是一而再再而三地持续了两个多月后,对方终于忍不住提出:我不想找个女强人,而且最近感情也很淡了,我们还是分手吧。

把分手理由"归咎"于工作其实十分有效:因为工作很累,压力大,所以态度稍微恶劣一点、不耐烦一点,也是情有可原。不回邮件或者不给对方电话,也可以说是"忙得忘了",总之,用正当理由让男人感到寂寞,让他感到体会不到你的爱,他自然而然就会重新找起乐子。

☆ 邀请他和你一起参加一些时尚聚会

这样的聚会,往往美女如云。不用费心把自己包装成场上最靓丽那个女人,给他自由,看看他是否会因此心猿意马。人性也好,爱也罢,都是经不得考验的。制造机会把他往美女身边送,也许,他就会自动出轨,顺了你的心意。贾平凹对此就曾有过一段很精辟的议论:"为啥能坚守自身? 征服的那个人没有出现而已。如果用金钱来打比方,就是给五块钱,啊不行不行;十块,我不干那个事情;给个一百万,你把人看错了;给个一亿,那行行行行……所以说任何人坚守自己,都只是没有遇到那个极限,没有出现那个人。比如说你现在和对象好得很,突然来了一个超乎你想象的人,人家愿意与你好,你咋办? 所以从这个角度上说,世界上就没有谁对谁很忠诚这回事……"

说分手是门艺术,因为其最高境界是,明明是你甩了他,你还是深深刻在他心中,是他终生难忘、难以取代,令无数后来者暗自为之吃醋、伤神的那个"她"。

想成为这样的女人,首先要注意的是,**在提出分手的过程中,不要伤害他的自尊心**。谁乍一听到要分手,都会很痛苦,何必雪上加霜?

其次是尽量避免充满感情的语言。有位女友,和男友分手了N次依然未果,概因每次她提出分手都显得声情并茂,对方只觉得她是一时冲动,并不觉得那是她深思熟虑的结果。如果你的分手要求听起来很没说服力,难免分得"一波三折"。

不要把分手原因归结到他人身上,什么"我爸妈不喜欢你啦"等等。要让对方明白,选择分手、决心分手的都只是你,是你决意如此,责任在你。

分手的这次最后约会,千万别让他觉得你看起来很疲惫、很憔悴。一来对方会侥幸以为你也很痛苦,他会自说自话推论出你并不舍得,从而继续纠缠;二来你不愿意自己留在对方心中的最后印

214

象很灰头土脸吧。

分手，就像恋爱一样，不只是你一个人的事，也要为对方想想，要让他知道，做不成恋人，他仍然是曾经让你度过无数快乐时光的那个人。但分手也不是什么严重事件，不过是你从一场恋爱中毕了业而已。我们要做的，只是让毕业典礼尽量看起来轻轻松松，高高兴兴。

55 ☆ 回头草，怎吃才好？

相信超过半数以上女性心里有棵难忘的回头草。

猛然看见和他长得很像的人，新的恋爱偏又不尽如人意，或是辗转听见他消息的时候，一时真会记忆丛生，百感交集。有位女友，每次路过前男友住的小区，都会下意识去看看他的车是否还停在老地方，她说，潜意识里，她是很想偶然地见上他一面的。这种感觉，其实男性一样也有。每次和甲男去卡拉 OK，他必点杨乃文的歌来唱，说是因为前女友很喜欢她，那时特地学了她的歌来讨好，而每次看到听到和杨乃文有关的消息，也都会想起那位前女友。

有些草，别说回头，想起来都是一头恨；有些草却让人越想越觉出好来。但却不是所有回头草，吃了就能得到幸福。A 女跟前男友分分合合三四次，最后一次分完手，她跟我说，在对方身上已经找不出一点好了。B 女当初跟前男友分手是因为他有了新欢，但那时她还迷恋他，所以经常找理由打电话给他，有天那位说我们见面吧，她就兴致勃勃跟对方去了宾馆开房，这么拖了一年，终于发现她只是他换换口味的性伴。

所以，打算吃回头草前，一定要回想清楚当时分手的理由，因

216

为很有可能会重蹈覆辙。另外还要冷静地分析,是赌一口气,还是他对你来说,真的很重要。不过也有可能,你认定了他,他却觉得一切都过去了。所以吃回头草,也不能吃得太志在必得,没准对方会觉得你很烦人。如果分手已经超过一年以上,劝你还是作罢。

最容易吃的回头草要算是工作狂男。这类男人凡事以工作为重,一讲到跟工作有关的事,声音都会提高几度,特别看重社会或是单位里对他的评价;走路速度飞快;喜欢电脑、相机一类电器,或是对某项运动情有独钟。他们自尊心很强,也许会觉得重修旧好很不像男人,所以想"吃"他,就不要提过去的事,要在轻松的气氛下让他认识到一个新的你。

那些荷尔蒙旺盛、穿着时尚、知道最新去处、对所有女孩子都很温柔的好动花心男也很好"复活",如果你是因为他的花心与他分手的话。但是我有女友复合后却很后悔,因为花心是他的本性,最终自己只会沦为随叫随到的性伴。

擅长撒娇、怕冷怕热的男人一般喜欢比自己年龄大的女人,他们很难做到守时守约,虽然和他们在一起你只会失去时间和金钱,但你却也讨厌不起来。他们很怕寂寞,所以打算回头,就积极主动接近他,在很自然轻松的氛围下,诱使他重新对你撒娇。

比较难搞定的是那种喜欢显示自己很有个性、有点大男子主义的家伙。有位朋友,夏天喜欢穿皮靴,冬天穿件 T 恤套羽绒大衣;只要是自己喜欢的,借了钱也要买;看电影电视的时候,总是和我们不在一个点上出声,大家都笑他不笑。不过他现任女朋友很有几下子,自己要花时就与他分手,想回来就能顺当回来。说是只要让他知道,只有她和他的品位最为相同,她比谁都更了解他就可以(前提是要找准时机,要在他新的恋爱还未根基扎实的时候)。

56 ☆ "中性化"女人更容易获得世俗幸福

　　女人的"中性化"生活热潮，从今年的国际 T 台就能看出，不论是服饰还是妆容，不妥协、不甜蜜，让女人 man 一些，成了众多设计师们的共同追求。其实"中性化"生活的宗旨很简单，就是 Simple is best，选择那些男女都能穿的不怎么裸露肌肤的设计：服装样式不被流行左右；长袖衬衫；可以加一条女士领带；以裤装为主；设计剪裁合身、质地优良；颜色在黑、藏青、灰色系里选择；鞋子通常为小牛皮平底便鞋，比如 TOD'S 的豆豆鞋；强调眼睛的化妆……如此这般，基本就可以做到"简单"（衬衫、裤子的熨烫工作可不能偷懒）。总之，这样穿衣，不是为了取悦谁、魅惑谁。

　　把服装潮流看作是一种生活意识的反馈一点也不为过。在如今巨大的城市生活压力下，社会的稳定性被一再破坏，社会对女人的独立性要求也越发高起来。女人们得像个男人那样去爱、去工作、去置业……

　　不过，"中性化"并不等于"男人婆"，谁说"中性化"女人就一定得抽烟，摆放东西乒乒乓乓，对男人抱有戒心？之所以选择"中性化"生存，只是因为讨厌把女性外表拿来做武器而已。"中性化"女人认为自己首先是社会人，其次才是一个女人，她们不屑于把自己扮演成一个男人想要的女人。

身为一个"中性化"女人,她们给旁人的印象往往是:

1. 可以像男人一样大杯喝酒;

2. 体格健康,至少不予人柔弱印象;

3. 有一定臂力或者体力;

4. 对电脑之类算得上精通,能简单维修一些小型家电;

5. 正义感很强;

6. 不熟的时候给人感觉不太容易接近;

7. 颧骨很高(这代表有一定的攻击性和占有欲);

8. 可能是眼睛比较细长的缘故,眼神很锐利;

9. 声音低沉(光听声音和见到本人后的印象有不小差距);

10. 身高在175 cm左右,讨厌穿裙子,一年四季都穿裤子;

11. 短发;

12. 擅长体育运动;

13. 性格爽快,经常鼓励朋友;

14. 在全是女同事或女性朋友的场合,有能力决定某件事并领导到底;

15. 有很多不当她是女人,只当她是兄弟的"哥们";

16. 不嘟嘟囔囔发牢骚,不八卦,甚至觉得说话很麻烦,还不如沉默;

17. 喜欢被别人依赖,不擅长撒娇;

18. 从不等着男人为自己买单、买礼物;

19. 上司不对时,敢于直陈意见;

20. 不会为了自己喜欢的人而改变自己,原来是什么样,还是什么样。

究竟,什么样的女人喜欢"中性化"生存?

这样的愿望可能是从很小时候开始的吧,希望自己是男生,因为在这个还是以男权思想为主导的社会里,身为女生有很多不便之处。男人可以直接去征服世界,女人却得先去征服男人。也有可能,家人没有特别宠爱,长大后也不相信,会有一个男生完全为自己奉献;或者先天如此,比如不擅言辞,讨厌自己成为男人猎物,也不想去捕猎男人等等。

有这样愿望的女人在工作上往往十分投入,忘记自己是女生,不想让别人说,女人就是不行。但这不等于想成为男人。在生活中,她们仍然拥有女人的感性。而且,越是彻底"中性化"的女人,对男人也就越有魔力,也更容易拥有世俗意义上的幸福——

● **不止一位男性朋友告诉我,那些平常看起来言行举止都像男人的女人,一旦投入恋情,就会变得像小猫小狗一样,特别惹人怜爱。**

我想,是因为她们不太习惯被人拥抱爱抚,一旦陷入恋情,就会把自己的身体和心灵都向对方敞开的缘故吧。有一位"中性化"女友,结婚后不久告诉我,她特别喜欢肌肤相亲的感觉,尤其迷恋对方皮肤的温度。她们的身体不会欲擒故纵,有什么反应,就会表现出什么来。声音也好,身体语言也好,都会因为一反常态而格外吸引男人。

● **和那些深知自己女性魅力并以此作为武器的女人相比,"中性化"女人往往大事化小,小事化了,不拘于小节。对男人来说,只要意气相投,"中性化"女人其实是更适合做终身伴侣的,因为她们更容易长久相处。**

● **一个外表"中性"的女人,会让男人认为她更愿意、更能够理解自己(但还是要适时流露出女性特质,如果完全男性化,对男人**

来说,就只能做朋友,无法发展成恋爱对象了)。

● "中性化"不代表冷酷,一个"中性化"女人由心底而生的微笑格外动人,同样,如果她对人态度亲切诚恳,只会魅力加分。

● "中性化"女人不会因为害羞就不去主动约会自己心仪的男性,相反,她们会自己买票约男人一同前往,而且邀约落落大方,"我有两张票,要不要一起去?"和她们约会的男人也不用苦心猜测,这次约会节目是不是令她满意? 因为她们会和男人一起讨论、决定。

● "中性化"女人说的和想的以及她们的表情态度完全一致,脸上笑嘻嘻,实际气得半死,这样的事情他们做不出来。

● "中性化"女人因为习惯和男人平等思维,理性逻辑能力、行动力一般都不差,男人更愿意和这样的女人说话、打交道。因为不累。

● 不被动,自立,这样的"中性化"女人会让男人更感安心,觉得她不会因为经济条件选择结婚对象,不会受金钱左右。尤其在现代社会,大部分男人无力亦无心守护女人。

那么,你是不是"中性化"女人? 来做一个简单的小测试吧——

1. 你对艺人的恋爱新闻是否感兴趣?

A 很感兴趣!　　　　　　　　B 不怎么关心。

2. 你喜欢的电视节目主持人是那种很有个性特点,说话尖酸刻薄,常令不少观众反感的类型。

　　A 是的　　　　　　　　B 不是

3. 连续两天不换衣服……

A 这怎么可以　　　　　　　B 没什么啊

4. 自信自己看人不会走眼,尤其是异性。

A 是的　　　　　　　　　　B 不是

5. 被人甩了以后,很难忘记那个人?

A 不太会,尤其是有了新恋情后,更不会了

B 很难忘却,常常被旧情羁绊

你的答案里有几个 A 呢?

0—2 个 A:

你的中性化程度为 70%—100%,虽然你看起来都有点像男人了,然而事实上,一旦恋爱,你却会出人意料地被对方所主导、所控制。

3—4 个 A:

你的中性化程度为 20%—40%,你还是很女人的,有时候,尤其是在工作场合,建议你站在男人的立场上想想问题。

5 个 A:

你是百分百女人,男人也许会害怕你这样的女人,因为你太了解男人的弱点了。